CHARLES DICKENS

Der Weihnachtsabend

»Lass mich in Ruhe mit deinen Fröhlichen Weihnachten!« Diese Worte können nur von jenem alten Geizkragen stammen, der so eng mit Weihnachten verknüpft ist wie kaum eine andere literarische Figur: Ebenezer Scrooge, der erst durch das Fest der Liebe zum Guten bekehrt wird. Doch bis dahin ist es für ihn ein langer Weg bzw. ein langer Weihnachtsabend, denn es braucht den Besuch von drei Geistern, ehe sich der reiche Geschäftsmann vom Zauber dieser besonderen Nacht anstecken lässt. Charles Dickens' Erzählung *Der Weihnachtsabend* (*A Christmas Carol*) erschien im Jahr 1843. Die Erzählung wurde zu einem Klassiker der Moderne und zählt zu den meistadaptierten Weihnachtsgeschichten aller Zeiten.

CHARLES DICKENS

Der Weihnachtsabend

Ein Weihnachtslied in Prosa
oder
Eine Geistergeschichte
zum Weihnachtsfest

Aus dem Englischen von Trude Geissler

RECLAM

Vorrede

Ich habe mich bemüht, in diesem Gespensterbüchlein den Geist einer Idee zu erwecken, die meine Leser weder mit sich selbst, noch untereinander, noch mit der Weihnachtszeit oder gar mit mir unzufrieden machen soll. Möge er ihre Häuser in angenehmer Weise heimsuchen und keiner wünschen, ihn zu bannen!

Dezember 1843

Dero getreuer Freund und Diener
C. D.

Erste Strophe

Marleys Geist

Marley war tot, um damit anzufangen. Darüber gibt es gar keinen Zweifel. Der Totenschein war vom Geistlichen, vom Schreiber, vom Leichenbestatter und vom Hauptleidtragenden unterzeichnet. Scrooge hatte ihn unterschrieben, und Scrooges Name war gut an der Börse, wohin auch immer er seine Unterschrift setzte. Der alte Marley war tot wie ein Türnagel.

Wohlgemerkt! Ich will nicht behaupten, dass ich aus eigener Erfahrung wüsste, was an einem Türnagel so besonders Totes sei. Ich selbst wäre wohl geneigt, einen Sargnagel für das toteste Stück Eisen anzusehen, das im Handel vorkommt. Doch in dem Gleichnis steckt die Weisheit unserer Vorfahren, und hieran sollen meine unheiligen Hände nicht rühren, sonst ist es um unser Land geschehen. Erlaubt mir daher, mit Nachdruck zu wiederholen, dass Marley so tot war wie ein Türnagel.

Scrooge wusste doch, dass er tot war? Selbstverständlich wusste er das. Wie hätte es auch anders sein können! Scrooge und er waren Geschäftsteilhaber seit ich weiß nicht wie viel Jahren. Scrooge war sein alleiniger Testamentsvollstrecker, Nachlassverwalter, Bevollmächtigter, sein alleiniger Erbe, sein einziger Freund und sein einziger Leidtragender. Und selbst Scrooge war durch dies traurige Ereignis nicht so schrecklich getroffen, dass er nicht als ausgezeichneter Kaufmann noch am Tage des Begräbnisses den doch unbezweifelbar günstigen Abschluss dieses Geschäftes feierlich gebucht hätte.

Die Erwähnung von Marleys Begräbnis bringt mich zum Ausgangspunkt meiner Erzählung zurück. Es gibt also gar keinen Zweifel, dass Marley tot war. Das versteht sich ausdrücklich, sonst ist nichts Wunderbares an der Geschichte, die ich erzählen will. Wären wir nicht völlig davon überzeugt, dass Hamlets Vater tot war, bevor das Stück beginnt, so wäre an seinem nächtlichen Umherwandeln im Ostwind auf den Wällen seines Schlosses nichts Merkwürdigeres, als wenn sich irgendein Herr mittleren Alters unbesonnenerweise nach Dunkelwerden an einen zugigen Ort begäbe – sagen wir auf den St.-Pauls-Kirchhof –, bloß um den lahmen Geist seines Sohnes in Erstaunen zu setzen.

Scrooge ließ des alten Marley Namen nicht überpinseln. Nach Jahren noch stand er über der Ladentüre: Scrooge & Marley. Die Firma war unter dem Namen Scrooge & Marley bekannt. Leute, die neu ins Geschäft kamen, nannten Scrooge zuweilen Scrooge, zuweilen auch Marley, doch er hörte auf beide Namen, es war ihm gleich.

Oh, er war ein Blutsauger, dieser Scrooge, ein Erpresser, ein zusammenscharrender, raffender, sich einkrallender, habgieriger alter Sünder. Hart und scharf wie ein Feuerstein, aus dem kein Stahl je einen wohltuenden Funken geschlagen, verschlossen und selbstsüchtig und einsiedlerisch wie eine Auster. Seine innere Kälte ließ seine alten Gesichtszüge erstarren, machte seine spitze Nase noch spitzer, seine Wangen noch runzliger und versteifte seinen Gang. Sie machte seine Augen rot und seine dünnen Lippen blau und krächzte aus seiner schrillen Stimme. Wie ein frostiger Reif lag es auf seinem Haupt, seinen Augenbrauen und um sein stoppeliges Kinn. Er trug seine niedrige Temperatur überall mit sich herum, er vereiste sein Kontor in den Hundstagen und erwärmte es um keinen Grad mehr an Weihnachten.

Äußere Wärme oder Kälte hatten wenig Einfluss auf Scrooge. Keine Hitze konnte ihn erwärmen, kein winterliches Wetter ihn zum Frösteln bringen. Kein Wind, der blies, war schneidender als er, kein Schneefall grimmiger auf sein Ziel bedacht, kein Regenguss unerbittlicher. Böses Wetter war ihm gegenüber machtlos. Der heftigste Schnee, Regen und Hagel konnten ihn nur in einer Hinsicht übertrumpfen: sie gaben oft reichlich, und das tat Scrooge nie.

Niemals hielt auf der Straße ihn jemand an, um freudigen Blickes zu sagen: »Mein lieber Scrooge, wie geht es Ihnen, wann werden Sie mich einmal besuchen?« Kein Bettler flehte ihn um eine kleine Gabe an, kein Kind fragte ihn, wie spät es sei, und in seinem ganzen Leben hatte ihn weder Mann noch Weib je nach dem Weg gefragt. Selbst die Hunde der Blinden schienen ihn zu kennen und zogen, wenn sie ihn kommen sahen, ihre Herren in einen Torweg oder Hof hinein und wedelten dabei mit dem Schwanz, als wollten sie sagen: ›Gar keine Augen zu haben, ist immer noch besser als böse, blinder Herr!‹

Doch was kümmerte das Scrooge? Ihm war es so gerade recht. Sich ganz allein an den von Menschen überlaufenen Lebenspfaden entlangzuwinden, alles menschliche Mitgefühl sich fernzuhalten, das war, wie die Leute wussten, durchaus nach seinem Geschmack.

Einst – es war von allen guten Tagen des Jahres gerade der Heilige Abend – saß der alte Scrooge über seiner Arbeit im Kontor. Es war bitterkaltes, beißendes Frostwetter und überdies neblig; er konnte hören, wie die Leute draußen auf dem Hof schnaubend auf und ab gingen und die Arme über die Brust schlugen und mit den Füßen das Pflaster stampften, um sich zu erwärmen. Die Uhren in der City hatten eben erst drei geschlagen, aber es war bereits ganz dunkel: Den ganzen Tag über war es nicht richtig hell geworden. Kerzenschein flackerte aus den Fenstern der benachbarten Kontore, rötliche Flecken in der zum Greifen dicken, braunen Luft. Durch jeden Spalt und jedes Schlüsselloch drang der Nebel herein, und draußen war er so dicht, dass die gegenüberliegenden Häuser, trotz der Enge des Hofes, wie Schemen erschienen. Wenn man die schmutzigen Wolken sich langsam heruntersenken und alles verdunkeln sah, konnte man meinen, Mutter Natur wohne dicht nebenan und braue sie dort im Großen.

Die Tür von Scrooges Kontor stand offen, damit er seinen Buchhalter beaufsichtigen konnte, der in einem öden kleinen

Rechnungen bezahlen sollst, ohne dass du das Geld dazu hast; eine Zeit, in der du feststellst, dass du wieder um ein Jahr älter, aber um keine Stunde reicher geworden bist, eine Zeit, in der du deine Bücher abschließt und durch ein rundes Dutzend von Monaten nur Außenstände findest. Wenn es nach mir ginge«, fuhr Scrooge entrüstet fort, »so müsste jeder Narr, der herumläuft und Fröhliche Weihnachten wünscht, in seinem eigenen Pudding gekocht und mit einem Stechpalmzweig durchs Herz begraben werden. Wahrhaftig!«

»Aber Onkel!«, widersetzte sich der Neffe.

»Neffe!«, gab ihm der Onkel schroff zurück, »feiere du Weihnachten auf deine Weise, und lass es mich auf die meinige feiern!«

»Feiern!«, wiederholte der Neffe, »aber Sie feiern es ja gar nicht!«

»Lass das meine Sache sein«, sagte Scrooge. »Soll es dir Gutes bringen! Es hat dir ja schon viel Gutes eingebracht!«

»Es gibt vieles, das mir Gutes hätte bringen können und das ich doch nicht recht genutzt habe, und so war es wohl auch mit Weihnachten. Aber gewiss habe ich das Weihnachtsfest – ganz abgesehen von der Verehrung, die wir seinem heiligen Namen und seinem Ursprung schulden, wenn man etwas, was so zu ihm gehört, überhaupt davon trennen kann – stets als eine gute Zeit angesehen; eine Zeit der Güte, der Vergebung, der Barmherzigkeit und der Freude, die einzige Zeit im ganzen langen Jahr, da Männern und Frauen die verschlossenen Herzen aufgehen und sie ihre ärmeren Mitmenschen als das ansehen, was sie wirklich sind: Reisegefährten auf dem Weg zum Grabe – und nicht als eine andere Art von Geschöpfen, die andere Wege wandern müssen. Und deshalb, Onkel, glaube ich, wenn es mir auch nie ein Stäubchen Gold oder Silber einbrachte, dass Weihnachten mir doch Gutes gebracht hat und noch bringen wird. Und darum sage ich, Gott segne es!«

Der Buchhalter im Brunnenschacht spendete unwillkürlich

Beifall. Sogleich aber wurde er sich des Unschicklichen seines Benehmens bewusst, er stocherte im Feuer herum und löschte damit den letzten schwachen Funken endgültig aus.

»Lassen Sie mich noch einmal so etwas von *Ihnen* hören«, sagte Scrooge, »und Sie werden Weihnachten feiern, indem Sie Ihre Stellung verlieren! Und du«, fuhr er, zu seinem Neffen gewandt, fort, »bist ja ein ganz gewaltiger Redner, mein Lieber. Ich wundere mich nur, warum du nicht ins Parlament gehst.«

»Seien Sie nicht böse, Onkel! Machen Sie uns die Freude, essen Sie morgen bei uns!«

Scrooge sagte, dass er ihn zur – ja, er sprach den Satz ganz aus und sagte tatsächlich, dass er ihn nur an diesem Ort des Entsetzens wiederzusehen wünsche.

»Aber warum nur?«, rief sein Neffe aus, »warum denn nur?«

»Warum hast du dich verheiratet?«

»Weil ich das Mädchen liebte!«

»Weil du liebtest«, knurrte Scrooge, als wäre dies das einzige in der Welt, das noch lächerlicher wäre als Fröhliche Weihnachten. »Guten Abend!«

»Aber Onkel, Sie haben mich zuvor auch nie besucht. Warum geben Sie dies nun als Grund dafür an, dass Sie nicht kommen?«

»Guten Abend!«, sagte Scrooge.

»Ich will nichts von Ihnen, ich verlange nichts. Warum können wir nicht gut Freund sein?«

» Guten Abend!«, sagte Scrooge.

»Es tut mir von ganzem Herzen leid, dass Sie so abweisend sind. Nie haben wir Streit miteinander gehabt, an dem ich schuld gewesen wäre. Weihnachten zu Ehren habe ich diesen Versuch unternommen und will mir meine Weihnachtsstimmung bewahren. Darum nochmals: Fröhliche Weihnachten, Onkel!«

»Guten Abend!«, sagte Scrooge noch einmal.

»Und ein glückliches neues Jahr!«

»Guten Abend!«, sagte Scrooge.

Sein Neffe verließ den Raum ohne ein böses Wort. An der äußeren Tür blieb er stehen, um dem Buchhalter ein frohes Fest zu wünschen. Dieser, sosehr ihn auch fror, war doch wärmer als Scrooge, er erwiderte den Glückwunsch herzlich.

»Das ist auch solch ein Narr!«, knurrte Scrooge, als er dies hörte, »mein Buchhalter, fünfzehn Schilling die Woche und mit Frau und Kindern, schwatzt von fröhlichen Weihnachten! Ich gehe nach Bedlam!«

Dieser »Narr« hatte, als er Scrooges Neffen hinausgeleitete, zwei andere Personen hereingelassen. Es waren stattliche Herren von angenehmem Äußeren, die jetzt in Scrooges Kontor dastanden, den Hut in der einen, Bücher und Papiere in der andern Hand, und sich vor ihm verbeugten.

»Scrooge & Marley, wie ich annehmen darf«, sagte einer der Herren mit einem Blick in seine Liste. »Habe ich das Vergnügen mit Mr. Scrooge oder mit Mr. Marley?«

»Mr. Marley ist seit sieben Jahren tot«, erwiderte Scrooge. »Er starb vor sieben Jahren gerade in dieser Nacht.«

»Wir zweifeln nicht daran, dass seine Freigebigkeit durch seinen überlebenden Partner genauso ausgeübt wird«, bemerkte der Herr und überreichte seinen Ausweis.

Er hatte übrigens recht, denn sie waren zwei verwandte Seelen gewesen. Bei dem verhängnisvollen Wort Freigebigkeit runzelte Scrooge die Stirne, schüttelte den Kopf und gab das Schreiben zurück.

»In diesen festlichen Tagen, Mr. Scrooge«, fuhr der Herr fort und nahm eine Feder zur Hand, »ist es noch dringender als sonst, dass man Sorge trägt für die Armen und Verlassenen, die gerade jetzt große Not leiden. Vielen Tausenden fehlt es am Notwendigsten und Hunderttausenden an der einfachsten Behaglichkeit, mein Herr.«

»Gibt es denn keine Gefängnisse?«, fragte Scrooge.

»Mehr als genug«, sagte der Herr und legte die Feder wieder hin.

»Und die öffentlichen Arbeitshäuser«, fragte Scrooge weiter. »Sind sie nicht mehr in Betrieb?«

»Ja. Immer noch. Aber«, entgegnete der Herr, »ich wünschte, ich könnte sagen: nein.«

»Und die Tretmühle und das Armengesetz, sind die noch in Kraft?«

»Beide, mein Herr, nur allzu sehr.«

»Oh, nach dem, was Sie sagten, fürchtete ich schon, dass irgendetwas passiert sei, was sie in ihrer nützlichen Wirksamkeit hindere«, meinte Scrooge. »Es freut mich, das Gegenteil zu erfahren.«

»Unter dem Eindruck, dass den Armen dort schwerlich eine christliche Stärkung an Leib oder Seele zuteilwird«, erwiderte der Herr, »haben einige von uns eine Sammlung veranstaltet, um den Bedürftigen Essen, Trinken und Feuerung zu beschaffen. Wir haben diese Tage gewählt, weil jetzt der Mangel besonders bitter fühlbar ist, während andere ihren Überfluss genießen. Was darf ich für Sie notieren?«

»Nichts«, erwiderte Scrooge.

»Sie wünschen ungenannt zu bleiben?«

»Ich wünsche in Ruhe gelassen zu werden, meine Herren«, entgegnete Scrooge. »Wenn Sie mich fragen, was ich wünsche, so ist dies meine Antwort. Ich mache mir selbst keine fröhlichen Weihnachten und kann es mir nicht leisten, Faulpelze vergnügt zu machen. Ich trage zum Unterhalt der Einrichtungen bei, die ich erwähnt habe – sie kosten genug. Wem es schlecht geht, der mag sich dahin wenden.«

»Viele können es nicht, und viele würden lieber sterben.«

»Wenn sie lieber sterben«, meinte Scrooge, »dann sollen sie es tun und den Bevölkerungsüberschuss vermindern. Übrigens – entschuldigen Sie –, davon weiß ich nichts!«

»Aber Sie müssten etwas davon wissen«, bemerkte der Herr.

»Das ist nicht meine Sache«, entgegnete Scrooge. »Es genügt, wenn ein Mann seine eigenen Angelegenheiten versteht und sich nicht in die anderer Leute hineinmischt. Meine nehmen mich vollauf in Anspruch. Guten Abend, meine Herren!«

Da sie einsahen, dass jeder weitere Versuch hier zwecklos war, zogen die Herren sich zurück. Scrooge nahm seine Arbeit wieder auf, mit gehobenem Selbstgefühl und in besserer Laune, als er für gewöhnlich zu sein pflegte.

Inzwischen hatten Nebel und Dunkelheit so zugenommen, dass Leute mit brennenden Fackeln umherliefen und sich anboten, vor den Pferden und Fuhrwerken herzugehen und ihnen den Weg zu weisen. Ein alter Kirchturm, dessen brummige alte Glocke durch ein gotisches Fenster verstohlen auf Scrooge herabzublicken pflegte, wurde unsichtbar und schlug die Stunden und Viertelstunden aus den Wolken mit einem scheppernden Nachklang, so als ob in seinem alten Haupt ihm vor Frost die Zähne klapperten. Die Kälte wurde schneidend. In der Hauptstraße an der Ecke des Platzes hatten einige Arbeiter, die dabei waren, Gasrohre auszubessern, ein großes Feuer in einem Kohlenbecken angezündet, um welches eine Schar zerlumpter Männer und Jungen sich angesammelt hatte, die sich die Hände rieben und ganz entzückt in die Flammen blinzelten. Der Wasserhahn blieb sich selbst überlassen, sein Ausfluss erstarrte mürrisch und wurde zu feindlichem Eis. Der Schein der Schaufenster, wo Stechpalmenzweige mit ihren roten Beeren in der Wärme der Lampen knisterten, überhauchte die bleichen Gesichter der Vorübereilenden mit rosigem Schimmer. Die Geflügelhandlungen und Feinkostläden waren die reine Lustbarkeit, prunkvolle Schaustücke, mit denen so nüchterne Vorstellungen wie Handel und Umsatz kaum in Verbindung zu bringen waren. Der Oberbürgermeister im Rathaus gab seinen fünfzig Köchen und Kellermeistern Befehl, Weihnachten so festlich auszurichten, wie sich dies für das Haus eines Oberbürgermeisters geziemt, und selbst der kleine Schneider, den er am vergangenen Montag wegen Trunkenheit und Randalierens auf der Straße mit fünf Schilling in Strafe genommen hatte, selbst der rührte in seiner Dachstube den Pudding für morgen an, während sein mageres Weib mit dem Kind auf dem Arm davoneilte, um den Rinderbraten einzukaufen.

Kälter noch und nebliger wurde es! Durchdringend, beißend, schneidend kalt. Wenn der gute St. Dunstan den Teufel nur mit dem Hauch solch eines Wetters in die Nase gezwickt hätte, statt die ihm vertrauten Waffen zu gebrauchen – dann würde der erst recht in ein fürchterliches Gebrüll ausgebrochen sein. Der Eigentümer einer kleinen jungen Nase, die von der hungrigen Kälte benagt und beknabbert war wie ein Knochen von einem Hunde, beugte sich nieder zu Scrooges Schlüsselloch, um ihn mit einem Weihnachtslied zu erfreuen, aber bei dem ersten Ton des Verses

»Gott grüße Euch, Ihr frohen Herrn,
Es mag Euch nichts beschweren …«

ergriff Scrooge das Lineal mit so energischer Bewegung, dass der Sänger erschreckt entfloh und das Schlüsselloch dem Nebel und dem – Scrooge noch wesensverwandteren – Frost überließ.

Endlich war die Stunde da, das Kontor zu schließen. Widerwillig stieg Scrooge von seinem Stuhl herab und gab damit stillschweigend dem im Brunnenschacht wartenden Buchhalter das Zeichen; der blies augenblicklich seine Kerze aus und setzte den Hut auf.

»Sie werden morgen den ganzen Tag freihaben wollen, nehme ich an«, sagte Scrooge.

»Wenn es Ihnen so recht ist, Sir!«

»Es ist mir nicht recht«, entgegnete Scrooge, »und es ist nicht billig. Wenn ich Ihnen dafür eine halbe Krone abziehen wollte, würden Sie sich schlecht behandelt vorkommen, stimmt's?«

Der Buchhalter lächelte schwach.

»Und doch«, sagte Scrooge, »halten Sie *mich* nicht für schlecht behandelt, wenn ich Ihnen Lohn zahle für einen Tag, an dem Sie nichts tun.«

Es komme ja nur einmal im Jahr vor, bemerkte der Buchhalter.

»Eine armselige Entschuldigung dafür, um einem an jedem 25. Dezember das Geld aus der Tasche zu stehlen«, sagte Scrooge, während er seinen Überrock bis ans Kinn zuknöpfte. »Doch ich nehme an, Sie müssen den ganzen Tag haben. Seien Sie am nächsten Morgen umso früher hier.«

Der Buchhalter versprach dies, und Scrooge ging mit einem Knurren zur Türe hinaus. Im Nu war das Kontor geschlossen, und der Buchhalter, mit den lang herunterbaumelnden Enden seines weißen Schals über dem Leibe (denn eines Mantels konnte er sich nicht rühmen), schlitterte dem Heiligen Abend zu Ehren in Cornhill hinter einer langen Reihe von Buben zwanzigmal eine Glitsche hinab und rannte dann, so schnell er konnte, heim nach Camden Town, um Blindekuh zu spielen.

Scrooge nahm sein trübseliges Abendessen in seiner gewohnten trübseligen Kneipe ein; und nachdem er alle Zeitungen gelesen und den Rest des Abends sich die Zeit mit seinen Börsennotizen vertrieben hatte, ging er heim, um sich schlafen zu legen. Er bewohnte die Räume, die sein verstorbener Teilhaber einst innegehabt hatte. Es war eine düstere Flucht von Zimmern in einem plumpen, niedrigen Gebäude, das zwischen hohen, finstern Häusern eines Hofes so eingeklemmt dastand und so wenig hinpasste, dass man versucht war, sich vorzustellen, es habe, als es noch ein junges Häuschen war, beim Versteckenspielen sich verlaufen und den Weg hinaus nicht wiedergefunden. Nun war es alt genug und öde genug, denn niemand wohnte darin als Scrooge; die andern Räume waren alle als Kontore vermietet. Der Hof war so dunkel, dass selbst Scrooge, der jeden Stein hier kannte, sich mit den Händen vorwärtstasten musste. Nebel und Frost hingen so schwer um das altersschwarze Tor, als säße der Wettergeist selbst in trübe Gedanken versunken auf der Schwelle.

Nun steht fest, dass an dem Türklopfer nichts außergewöhnlich war als seine Größe. Und ebenso steht fest, dass Scrooge ihn jeden Abend und jeden Morgen gesehen hatte während all der Zeit, die er dort hauste, und fest steht auch, dass Scrooge so wenig von dem besaß, was man Phantasie nennt, als irgendein Mensch in der City of London, selbst einschließlich – und das ist eine kühne Behauptung – der Gemeindeversammlung, der Ratsherren und der Zünfte. Man bedenke auch, dass Scrooge keinen Gedanken mehr an Marley verschwendet hatte seit seiner Erwähnung des gerade vor sieben Jahren verstorbenen Teilhabers am Nachmittag. Und nun soll mir einer erklären, wenn er es vermag, dass Scrooge, als er seinen Schlüssel ins Schloss steckte, in dem Türklopfer, ohne dass der sich unmittelbar verändert hätte, mit einem Mal nicht einen Türklopfer, sondern Marleys Gesicht erblickte.

Marleys Gesicht! Es lag nicht in undurchdringlichem Dunkel wie die andern Dinge auf dem Hofe, sondern leuchtete unheimlich wie ein faulender Hummer in einem finstern Keller. Es sah nicht böse oder wild aus, sondern blickte ihn an, wie Marley Scrooge anzublicken pflegte: eine geisterhafte Brille auf eine geisterhafte Stirne geschoben. Das Haar war sonderbar gesträubt, wie von Zug oder heißer Luft, und obwohl die Augen weit offen standen, waren sie doch vollkommen unbeweglich. Dies und die bleierne Farbe gaben ihm ein schreckliches Aussehen, aber dies Schreckliche schien mehr noch als vom Ausdruck des Gesichtes von irgendetwas herzurühren, das außerhalb seiner Macht lag.

Als Scrooge die Erscheinung fest ins Auge fasste, war es wieder ein Türklopfer.

Zu behaupten, dass er nicht erschrocken wäre oder nicht bis ins Blut hinein ein kaltes Grausen gespürt hätte, wie es ihm seit seiner Kindheit fremd geworden, das wäre unwahr. Aber er legte seine Hand an den Schlüssel, den er losgelassen hatte, und drehte ihn energisch herum, trat ein und zündete seine Kerze an.

Allerdings zauderte er einen Augenblick lang, bevor er die Türe schloss, und schaute erst vorsichtig dahinter, wie wenn er beinahe erwartete, durch den Anblick von Marleys in die Diele hineinragendem Zopf erschreckt zu werden. Doch auf der Rückseite der Türe gab es nichts als Schrauben und ihre Muttern, die den Klopfer hielten, und so sagte Scrooge nur »Ach was!«, und warf sie mit einem Knall zu.

Wie Donner hallte der Laut durch das Haus. Jedes Zimmer droben und jedes Fass drunten im Keller des Weinhändlers schien mit seinem eigenen Echo zu antworten. Doch Scrooge war nicht der Mann, der sich durch Echos schrecken ließ. Er verriegelte die Türe und ging durch die Diele und die Treppe hinauf; langsam obendrein, dabei putzte er den Kerzendocht.

Nun sagt man wohl so obenhin, über eine gute alte Treppe oder durch eine dehnbare neue Parlamentsakte könne man sechsspännig fahren, aber ich meine es buchstäblich, wenn ich behaupte, dass man auf dieser Treppe einen Leichenwagen hätte hinaufziehen können und auch noch der Breite nach, mit der Deichsel zur Wand und der Tür nach dem Geländer hin; und leicht wäre das auch noch gegangen. Platz dafür war genug da, und vielleicht war dies der Grund, warum es Scrooge schien, als sähe er im Finstern vor sich einen Leichenwagen. Ein halb Dutzend Gaslaternen von der Straße draußen hätten die Treppe kaum richtig erhellt, so könnt ihr euch denken, dass es mit Scrooges Kerzenstümpfchen hübsch dunkel war.

Doch Scrooge stieg hinauf und scherte sich keinen Deut darum. Dunkelheit ist billig, und so war sie ihm recht. Doch bevor er seine schwere Türe schloss, ging er durch seine Wohnung, um zu sehen, ob alles in Ordnung sei. Die Erinnerung an das Gesicht war noch stark genug, um dies für geboten zu halten.

Wohnzimmer, Schlafzimmer, Rumpelkammer, alles wie es sein sollte. Niemand unter dem Tisch, niemand unter dem Sofa; ein kleines Feuerchen im Kamin; Löffel und Napf bereitgelegt; und eine kleine Schüssel mit Haferschleim (Scrooge hatte

Schnupfen) stand auf dem Wärmrost. Niemand unter dem Bett, niemand im Wandschrank, niemand im Schlafrock, der in ganz verdächtiger Weise an der Wand hing. Die Rumpelkammer wie immer. Ein alter Ofenschirm, alte Schuhe, zwei Fischkörbe, ein dreibeiniger Waschtisch und ein Schürhaken.

Durchaus befriedigt schloss er seine Türe und riegelte sich ein; riegelte – entgegen seiner sonstigen Gewohnheit – sich doppelt ein. So gegen jede Überraschung gesichert, nahm er seine Halsbinde ab, zog Schlafrock und Pantoffeln an und setzte die Nachtmütze auf. Dann ließ er sich am Feuer nieder, um seinen Haferschleim zu verzehren.

Es war wirklich ein sehr kleines Feuer; ein Nichts für eine so bitterkalte Nacht. Er war gezwungen, ganz dicht an ihm dran zu sitzen und sich darüber zu beugen, um nur ein wenig Wärme von dieser Handvoll Kohlen zu verspüren. Es war ein altmodischer Kamin, von einem holländischen Kaufmann vor langer Zeit gebaut und mit seltsamen Kacheln belegt, die Darstellungen aus der Heiligen Schrift trugen. Da waren Kains und Abels, Pharaos Töchter, Königinnen von Saba, Engel, die als Boten auf Wolken wie Federbetten herabschwebten, Abrahame und Belsazars, Apostel, die in Frachtbooten zur See fuhren, Hunderte von Gestalten, um seine Gedanken gefangen zu nehmen; und doch erschien ihm dies Gesicht von Marley, der sieben Jahre tot war, und ließ wie der Stab des alten Propheten alles verschwinden. Wenn jede glatte Kachel weiß gewesen wäre und die Macht besessen hätte, auf ihrer Fläche die wirren Bruchstücke seiner Gedanken festzuhalten, so wäre auf jeder einzelnen ein Abbild von des alten Marley Kopf erschienen.

»Dummes Zeug!«, knurrte Scrooge und wanderte durch den Raum. Nachdem er einige Male auf und ab gegangen war, setzte er sich wieder hin. Als er den Kopf im Stuhl zurücklehnte, fiel sein Blick auf eine Glocke, eine nicht mehr benützte Glocke, die noch da hing und zu einem längst vergessenen Zweck die Verbindung mit einem Zimmer im obersten Stock des Hauses herstellte. Es geschah mit großem Erstaunen und einem fremden, unerklärlichen Grauen, dass er, als er so hinblickte, sah, wie die Glocke zu schwingen begann. Anfangs schwang sie so sacht, dass sie kaum einen Ton von sich gab; doch bald schlug sie laut aus und mit ihr alle Glocken im ganzen Haus.

Dies mochte eine halbe Minute gedauert haben oder eine ganze, doch es schien wie eine Stunde. Die Glocken verstummten, alle zugleich. Ein rasselndes Geräusch folgte ihnen von tief unten her, als ob jemand eine schwere Kette über die Fässer des Weinhändlers zöge. Da erinnerte Scrooge sich, gehört zu haben, dass Gespenster in Spukhäusern Ketten hinter sich herschleppten.

Dröhnend flog die Kellertüre auf, und dann hörte er das Kettengerassel viel lauter noch im untern Stockwerk, dann die Treppe heraufkommen und dann geradewegs auf seine Türe zu.

»Ist doch dummes Zeug!«, brummte Scrooge. »Ich glaube es einfach nicht.«

Doch wechselte er die Farbe, als Es, ohne einzuhalten, durch die schwere Tür herein ins Zimmer und vor seine Augen trat. Bei seinem Erscheinen flackerte die erlöschende Flamme noch einmal auf, als ob sie ausrufen wollte: ›Ich kenne ihn, es ist Marleys Geist!‹, und fiel wieder in sich zusammen.

Das gleiche Gesicht: genau das gleiche. Marley mit seinem Zopf, der gewohnten Weste, Beinkleidern und Stiefeln, deren Troddeln sich sträubten wie sein Zopf und die Rockschöße und das Haar auf seinem Kopf. Die Kette, die er hinter sich herzog, war um seine Hüften geschlungen. Sie war lang und wand sich um ihn herum wie ein Schweif; und sie bestand (denn Scrooge beobachtete das genau) aus Geldkassetten, Schlüsseln, Vorhängeschlössern, Hauptbüchern, Dokumenten und schweren Börsen aus Stahldraht. Sein Körper war durchsichtig, so dass Scrooge, als er ihn betrachtete, durch seine Weste hindurch die beiden rückwärtigen Knöpfe auf seinem Rock erblicken konnte. Scrooge hatte oft sagen hören, dass Marley kein Herz im Leibe habe, doch er hatte das bis jetzt nie geglaubt.

Nein, auch jetzt noch glaubte er es nicht. Obgleich er durch das Gespenst hindurchschauen konnte und es doch vor ihm stand, obgleich er die vereisende Ausstrahlung seiner todkalten Augen verspürte und sogar die Webart des gefalteten Tuches bemerkte, das ihm um Kopf und Kinn gebunden war und das er zuvor nicht beachtet hatte, blieb er doch ungläubig und kämpfte gegen die Wahrnehmung seiner Sinne an.

»Und was nun?«, fragte er scharf und kalt wie immer. »Was wünschen Sie von mir?«

»Viel!« Marleys Stimme, kein Zweifel.

»Wer sind Sie?«

»Frage mich, wer ich *war*!«

»Wer also waren Sie?«, fragte Scrooge mit erhobener Stimme. »Sie nehmen es um einen Schatten zu genau«, er war nahe daran zu sagen ›für einen Schatten‹, doch dann fand er es passender, sich so auszudrücken.

»Im Leben war ich dein Teilhaber Jacob Marley.«

»Können Sie – kannst du dich setzen?«, fragte Scrooge, indem er ihn zweifelnd anblickte.

»Das kann ich.«

»Dann tu's!«

Scrooge hatte diese Frage gestellt, weil er nicht wusste, ob ein so durchsichtiger Geist imstande sei, sich hinzusetzen, und weil er fürchtete, dass, wenn dies nicht möglich wäre, es die Notwendigkeit einer peinlichen Erklärung nach sich ziehen könnte. Aber der Geist setzte sich auf die andere Seite des Kaminplatzes, als sei er es so gewohnt.

»Du glaubst nicht an mich«, bemerkte der Geist.

»Nein«, versetzte Scrooge.

»Was für einen Beweis für meine Wirklichkeit willst du noch außer dem Zeugnis deiner Sinne?«

»Ich weiß es nicht«, sagte Scrooge.

»Warum zweifelst du an deinen Sinnen?«

»Weil«, sagte Scrooge, »eine Kleinigkeit schon sie verwirren kann. Eine leichte Magenverstimmung lässt sie trügen. Du magst ein unverdautes Stück Rindfleisch sein, ein Klecks Senf, ein Käsekrümel, das Stück einer nicht gar gewordenen Kartoffel. Du kommst eher aus meinem Magen als aus dem Grabe – was immer du auch sein magst!«

Es lag nicht in Scrooges Gewohnheit, Witze zu machen, noch fühlte er sich im Grund seines Herzens gerade jetzt dazu aufgelegt. In Wahrheit versuchte er nur schneidig zu tun, um sich selbst abzulenken und sein Entsetzen niederzuhalten, denn die Stimme des Geistes ließ ihn bis ins innerste Mark hinein erschauern.

Dazusitzen und schweigend auch nur einen Augenblick in diese starren verglasten Augen zu sehen, das, fühlte er, würde ihn von Sinnen bringen. Es lag auch etwas so Fürchterliches darin, dass das Gespenst in seine eigene, höllische Atmosphäre eingehüllt war. Scrooge selbst konnte diese zwar nicht spüren, doch es war ganz klar der Fall; denn obgleich der Geist vollkommen bewegungslos dasaß, so wurden doch seine Haare, seine Rockschöße, seine Troddeln wie durch den heißen Luftzug eines Backofens bewegt.

»Du siehst diesen Zahnstocher?«, fragte Scrooge, rasch aus dem eben erwähnten Grunde wieder zum Angriff übergehend, um – und wäre es nur für eine Sekunde – den steinernen Blick der Erscheinung von sich abzulenken.

»Ich sehe ihn«, antwortete der Geist.

»Aber du siehst ja nicht hin!«, sagte Scrooge.

»Ich sehe ihn dennoch!«, sagte der Geist.

»Nun also«, erwiderte Scrooge, »ich brauche ihn nur zu verschlucken, um für den Rest meines Lebens von einer Legion von Kobolden, die ich selbst mir geschaffen habe, verfolgt zu werden. Schwindel, sag ich dir – alles Schwindel!«

Auf diese Worte hin stieß der Geist einen so furchtbaren

Schrei aus und schüttelte seine Ketten mit solch einem entsetzlichen, grauenerregenden Getöse, dass Scrooge sich fest an seinen Stuhl klammerte, um nicht herunter und in Ohnmacht zu fallen. Doch um wie viel größer noch wurde sein Entsetzen, als das Gespenst die Binde, die es um den Kopf trug, abnahm, als wäre sie ihm hier zu heiß, und seine Kinnlade ihm nun auf die Brust herabklappte.

Scrooge fiel auf die Knie und schlug die Hände vors Gesicht. »Gnade!«, rief er, »furchtbare Erscheinung, warum verfolgst du mich?«

»Du weltlich gesinnter Mensch«, erwiderte der Geist, »glaubst du an mich oder nicht?«

»Ich glaube an dich«, sagte Scrooge, »ich muss es ja! Aber warum gehen Geister auf Erden um, und warum kommen sie zu mir?«

»Von jedermann wird verlangt«, entgegnete der Geist, »dass seine Seele mit seinen Mitmenschen wandle weit und breit und teilnehme an ihnen; und wenn sie dies zu Lebzeiten nicht tut, so ist sie nach dem Tode dazu verdammt. Sie ist dazu verurteilt, durch die Welt zu wandern und zuzusehen – oh, weh mir! –, wo sie nicht mehr helfen kann, doch hätte helfen können und Glück bringen, als sie noch auf Erden war.«

Wiederum stieß das Gespenst einen Schrei aus, schüttelte seine Ketten und rang seine geisterhaften Hände.

»Du bist gefesselt«, sagte Scrooge zitternd, »sag mir, warum?«

»Ich trage die Kette, die ich mir im Leben geschmiedet habe«, antwortete der Geist, »Glied um Glied und Elle um Elle habe ich sie gemacht. Freiwillig habe ich sie um mich geschlungen, und aus freiem Willen habe ich sie getragen. Erscheint sie dir fremd?«

Scrooge erzitterte mehr und mehr.

»Oder willst du wissen«, fuhr der Geist fort, »wie schwer und lang die Fessel ist, die du selber trägst? Sie war vor sieben Weihnachten genauso schwer und lang wie diese hier. Du hast seitdem weiter an ihr gearbeitet. Es ist eine gewichtige Kette!«

Scrooge schielte auf den Boden hinunter, in der Erwartung, sich von einem fünfzig oder sechzig Faden langen Eisenkabel umgeben zu sehen, doch er konnte nichts erblicken.

»Jacob«, sagte er flehentlich, »alter Jacob Marley, erzähl mir mehr. Sprich mir Trost zu, Jacob!«

»Ich habe keinen zu vergeben«, antwortete der Geist, »der kommt aus andern Regionen, Ebenezer Scrooge, und wird von andern Boten überbracht und an eine andere Art von Menschen. Auch darf ich dir nicht sagen, was ich möchte. Nur ein Weniges noch ist mir erlaubt. Ich kann nicht rasten und nicht ruhen und kann nirgends verweilen. Mein Geist ging niemals hinaus über unser Kontor – merk wohl auf! –, im Leben schweifte meine Seele niemals über die engen Grenzen unserer Schacherhöhle hinaus; und mühselige Wanderungen liegen nun vor mir.«

Scrooge hatte die Gewohnheit, wenn er nachdenklich wurde, die Hände in die Hosentaschen zu stecken. Dem nachgrübelnd, was der Geist gesagt hatte, tat er dies auch jetzt, doch ohne aufzublicken oder sich von den Knien zu erheben.

»Da musst du aber schon lange dahinterher sein«, bemerkte Scrooge geschäftsmäßig, wenn auch voll bescheidener Ehrerbietung.

»Eine lange Zeit«, sagte der Geist.

»Sieben Jahre tot, und die ganze Zeit auf Reisen«, grübelte Scrooge.

»Die ganze Zeit über«, sagte der Geist, »keine Rast, keinen Frieden. Unaufhörliche Qualen der Reue.«

»Wanderst du schnell?«, fragte Scrooge.

»Auf den Flügeln des Windes«, antwortete der Geist.

»Da kannst du ja große Strecken Landes hinter dich gebracht haben in diesen sieben Jahren«, meinte Scrooge.

Als der Geist diese Worte hörte, stieß er wieder einen Schrei aus und klirrte mit seinen Ketten so schauerlich in der Totenstille der Nacht, dass die Polizei ihn mit Recht wegen groben Unfugs hätte belangen können.

»Oh, gefangen, gefesselt und zweifach in Eisen geschlossen«, schrie das Gespenst, »oh, und nicht gewusst zu haben, dass noch lange Zeiten ununterbrochener Bemühungen unsterblicher Wesen vergehen müssen, ehe all das Gute, das auf Erden möglich ist, sich entfalten kann. Oh, nicht gewusst zu haben, dass jeder christlich Gesinnte, der liebreich in seinem kleinen Kreise wirkt, was immer es sei, das irdische Dasein zu kurz finden wird, gegenüber den weiten Möglichkeiten, Gutes zu tun. Oh, nicht gewusst zu haben, dass keine noch so bittere Reue die ungenützten Gelegenheiten eines Lebens wiedergutmachen kann. Aber so ging es mir! Oh ja, so war ich!«

»Aber du warst doch immer ein guter Geschäftsmann, Jacob«, stammelte Scrooge, der nun anfing, all dieses auf sich zu beziehen.

»Geschäft!«, schrie der Geist und rang wiederum die Hände. »Die Menschlichkeit hätte mein Geschäft sein sollen. Das allgemeine Wohl, Nächstenliebe, Barmherzigkeit, Nachsicht und Gutes tun, das alles hätte mein Geschäft sein sollen. Meine Tätigkeit als Kaufmann hätte nur ein Tropfen in dem Meer meiner Geschäfte sein sollen!«

Er hob seine Kette von sich weg, so weit sein Arm reichte, als wäre sie die Ursache seines fruchtlosen Kummers, und dann schmetterte er sie wieder zu Boden.

»In dieser Zeit des dahinschwindenden Jahres«, sagte das Gespenst, »habe ich am meisten zu leiden. Warum ging ich mit zu Boden gesenktem Blick durch die Schar meiner Mitmenschen und erhob ihn nie zu dem gesegneten Stern, der die Weisen zu einer armen Hütte leitete? Gab es denn keine armen Hütten, zu denen er *mich* hätte führen können?«

Mit Entsetzen hörte Scrooge das Gespenst in dieser Weise fortfahren, und er zitterte immer heftiger.

»Höre mich an!«, rief der Geist, »meine Zeit ist bald um.«

»Ich höre«, sagte Scrooge, »aber sei nicht zu hart mit mir, mach nicht mehr Umschweife als nötig, Jacob. Ich bitte dich!«

»Wie es kommt, dass ich in sichtbarer Gestalt vor dir erscheine, das darf ich dir nicht sagen. Manchen und manchen Tag habe ich unsichtbar dir zur Seite gesessen.«

Dies war kein angenehmer Gedanke – Scrooge erschauerte und wischte sich den Schweiß von der Stirne.

»Und dies ist kein leichter Teil meiner Buße«, fuhr der Geist fort. »Heute Nacht bin ich hier, um dich zu warnen, noch hast du die Hoffnung, die Möglichkeit, meinem Schicksal zu entgehen. Eine Möglichkeit, eine Hoffnung, die ich dir verschaffe, Ebenezer!«

»Du warst mir stets ein guter Freund«, sagte Scrooge, »ich danke dir!«

»Drei Geister«, fuhr das Gespenst fort, »werden dich noch heimsuchen!«

Scrooges Miene wurde beinahe so elend wie die des Geistes.

»Ist das die Möglichkeit und die Hoffnung, die du meinst?«, fragte er stammelnd.

»Ja!«

»Ich – ich glaube, das möchte ich lieber nicht«, antwortete Scrooge.

»Ohne ihr Erscheinen«, sagte der Geist, »kannst du nicht hoffen, den Weg zu vermeiden, den ich wandeln muss. Erwarte den ersten Geist morgen, wenn die Glocke eins schlägt!«

»Könnte ich sie nicht alle auf einmal abmachen, Jacob«, wagte Scrooge zu fragen, »und hätte es dann hinter mir?«

»Erwarte den zweiten in der nächsten Nacht zur gleichen Stunde. Den dritten in der darauffolgenden Nacht, wenn der letzte Schlag von Mitternacht verhallt. Sorge dafür, dass du mich nie wieder erblickst; und sieh zu, dass du – zu deinem eigenen Heil – dessen eingedenk bleibst, was sich zwischen uns begeben hat.«

Hierauf nahm das Gespenst sein Halstuch vom Tisch und band es wieder um den Kopf wie zuvor. Scrooge erkannte das an dem klirrenden Laut, mit dem die Zähne aufeinanderschlugen, als die Bandage die Kinnbacken zusammenbrachte. Er wagte es, seinen Blick wieder zu erheben, und sah seinen übernatürlichen Besucher hoch aufgerichtet vor sich stehen, die Kette um den Leib geschlungen und über den Arm gehängt.

Die Erscheinung entfernte sich rückwärtsgehend von ihm, und bei jedem Schritt, den sie tat, öffnete sich von selbst das Fenster ein wenig, so dass es, als das Gespenst es erreichte, weit offenstand. Es winkte Scrooge, sich zu nähern, was dieser auch tat. Als noch zwei Schritte zwischen ihnen lagen, erhob Marleys Geist warnend die Hand, nicht näher heranzukommen. Scrooge blieb stehen.

Nicht so sehr aus Gehorsam als vor Überraschung und Furcht, denn als die Hand sich erhob, vernahm er einen wirren Lärm in der Luft, unzusammenhängende Laute des Jammers und der Reue und unaussprechlich trostlose Selbstanklagen. Das Gespenst – nachdem es einen Augenblick gelauscht hatte – stimmte mit ein in diesen traurigen Klagegesang und entschwand hinaus in die finstere kalte Nacht.

Scrooge folgte ihm in verzweifelter Neugierde ans Fenster und blickte hinaus.

Die Luft war von Gespenstern erfüllt, die in ruheloser Hast hierhin und dorthin strebten und dabei erbärmlich stöhnten. Ein jedes trug Ketten wie Marleys Geist; einige von ihnen (es mochten schuldige Regierungsmitglieder sein) waren damit aneinandergefesselt; kein einziges war frei. Manche waren Scrooge im Leben persönlich bekannt gewesen. Ja, mit dem alten Geist in der weißen Weste hatte er geradezu auf vertrautem Fuß gestanden, und jetzt trug der einen riesigen eisernen Geldkasten an seinem Knöchel und heulte erbärmlich, weil es ihm unmöglich war, der verhärmten Frau beizustehen, die er mit ihrem Kinde auf einer Türschwelle unter sich sitzen sah. Das Elend all dieser Gespenster war offenbar, dass sie danach verlangten, menschliche Geschicke zum Guten zu wenden, und dass sie die Möglichkeit dazu für immer verloren hatten.

Ob diese Wesen sich in Nebel auflösten oder ob der Nebel sie einhüllte, konnte Scrooge nicht feststellen. Doch sie und ihre geisterhaften Stimmen verschwanden miteinander; und die Nacht wurde wieder, wie sie gewesen, als er nach Hause gekommen war.

Scrooge schloss das Fenster und untersuchte die Türe, durch die der Geist eingetreten war. Sie war doppelt verriegelt, so wie er sie mit eigener Hand verschlossen hatte, und die Riegel waren in Ordnung. Er versuchte »Dummes Zeug« zu sagen, doch er stockte schon bei der ersten Silbe. Und mochte es nun von der Aufregung herrühren, die er durchgemacht, oder von der Anstrengung des Tages oder dem Blick in die Welt des Unsichtbaren oder dem traurigen Gespräch mit dem Gespenst oder der späten Stunde – er war dringend der Ruhe bedürftig; er ging, ohne sich auszukleiden, zu Bett und fiel sogleich in einen tiefen Schlaf.

Zweite Strophe

Der erste der drei Geister

Als Scrooge erwachte, war es so dunkel, dass er vom Bett aus kaum das durchsichtige Fenster von den festen Wänden seines Zimmers unterscheiden konnte. Er strengte seine Frettchenaugen an, die Finsternis zu durchdringen, als die Glocke eines benachbarten Kirchturms vier Viertel schlug. Da horchte er auf den Stundenschlag.

Zu seinem großen Erstaunen schlug die Glocke immer weiter fort von sechs zu sieben, von sieben zu acht und regelrecht weiter bis zu zwölf; dann hörte sie auf. Zwölf! Es war zwei Uhr vorbei, als er zu Bett gegangen war. Die Uhr ging falsch. Ein Eiszapfen musste ins Räderwerk geraten sein. Zwölf!

Er drückte auf die Feder seiner Repetieruhr, um diese widersinnige Turmuhr zu berichtigen. Der flinke kleine Puls der Taschenuhr schlug zwölf und verstummte.

»Wie, das ist doch nicht möglich«, sagte Scrooge, »dass ich einen ganzen Tag und tief in die nächste Nacht hinein geschlafen habe. Es ist doch auch undenkbar, dass der Sonne etwas passiert ist und es jetzt zwölf Uhr Mittag ist!«

Da dieser Gedanke doch beunruhigend war, krabbelte er aus dem Bett und tappte sich nach dem Fenster hin. Er musste die Eisblumen mit dem Ärmel seines Schlafrockes wegwischen, bevor er irgendetwas sehen konnte, und auch dann sah er nur sehr wenig. Alles was er ausmachen konnte, war, dass es immer noch sehr neblig und außerordentlich kalt war und dass man keinen Lärm von hin und her laufenden Leuten und Straßentumult hörte, wie dies doch zweifellos der Fall gewesen wäre, wenn die Nacht den hellen Tag vertrieben und von der Welt Besitz ergriffen hätte. Dies war ein großer Trost, denn »drei Tage nach Sicht zahlen Sie auf diesen Primawechsel an Mr. Ebenezer Scrooge« wäre eine Bürgschaft vom Mann im Monde gewesen, wenn es keine Tage mehr gäbe, nach denen man hätte rechnen können.

Scrooge ging wieder zu Bett und dachte und dachte und überdachte es immer wieder und konnte sich nicht klar darüber werden. Je mehr er nachdachte, umso verwirrter wurde er, und je mehr er sich bemühte, nicht daran zu denken, umso mehr dachte er darüber nach. Marleys Geist machte ihm über die Maßen zu schaffen. Jedes Mal, wenn er nach reiflicher Überlegung zu dem Schluss kam, es sei alles ein Traum gewesen, kehrten seine Gedanken wie eine starke Feder, deren Spannung man loslässt, in ihre alte Lage zurück und stellten ihn wieder vor die gleiche Frage: War es ein Traum oder nicht?

In diesem Zustand blieb Scrooge liegen, bis die Uhr drei weitere Viertelstunden geschlagen hatte; da erinnerte er sich plötzlich, dass der Geist ihm zu dem Glockenschlag Eins einen Besuch angekündigt hatte. Er beschloss wach zu bleiben, bis die Stunde vorbei wäre, und wenn man in Betracht zieht, dass er ebenso wenig einzuschlafen als in den Himmel zu gelangen vermochte, so war dies vielleicht das Klügste, wozu er sich entschließen konnte.

Die Viertelstunde war so lang, dass er mehr als einmal überzeugt war, er müsse eingeduselt sein und den Glockenschlag überhört haben. Endlich drang er an sein lauschendes Ohr.

»Ding-dong!«

»Ein Viertel nach!«, sagte Scrooge.

»Ding-dong!«

»Halb!«

»Ding-dong!«

»Viertel vor!«

»Ding-dong!«

»Die volle Stunde«, sagte Scrooge triumphierend, »und nichts sonst.«

Dies sagte er, bevor der Stundenschlag ertönte, der nun mit einem tiefen, dumpfen, hohlen, melancholischen »Eins« erklang. Im gleichen Augenblick flammte Licht auf im Zimmer, und die Vorhänge des Bettes wurden beiseitegezogen.

Die Vorhänge des Bettes wurden beiseitegezogen – stellt euch vor! – von einer Hand. Nicht die Vorhänge zu seinen Füßen oder die Vorhänge hinter seinem Rücken, sondern jene, denen sein Gesicht zugewandt war. Die Vorhänge seines Bettes wurden beiseitegezogen, und Scrooge, der sich halb aufrichtete, fand sich Auge in Auge mit seinem überirdischen Besucher, der sie zurückgezogen hatte: So nahe, wie ich jetzt bei euch bin, und ich stehe im Geiste dicht an eurer Seite.

Es war eine seltsame Gestalt – wie ein Kind, doch auch wieder nicht wie ein Kind, sondern wie ein alter Mann, der, durch ein übernatürliches Medium den Blicken entrückt, zur Größe eines Kindes verringert war. Sein Haar, das ihm über Nacken und Rücken hing, war weiß wie vom Alter; und doch hatte sein Gesicht keine Runzel und seine Haut den zartesten Schmelz. Die Arme waren sehr lang und muskulös, desgleichen die Hände, als wäre ihr Griff von ungewöhnlicher Kraft. Seine feingeformten Beine und Füße waren, wie die oberen Gliedmaßen, nackt. Er trug eine Tunika vom reinsten Weiß und um seine Hüften einen schimmernden Gürtel, der einen wunderbaren Glanz ausstrahlte. In der Hand hielt er einen frischen grünen Stechpalmenzweig; und in seltsamem Widerspruch zu diesem winterlichen Sinnbild war sein Gewand mit Sommerblumen verziert. Aber das Seltsamste an ihm war, dass aus dem Scheitel seines Hauptes ein hell leuchtender Strahl entsprang, der all dieses sichtbar machte; und darum wohl mochte der Geist, wenn er sich verdunkeln wollte, den großen Lichthut als Mütze benutzen, den er vorläufig unter dem Arm trug.

Doch selbst dies, als Scrooge ihn nun mit zunehmender Festigkeit betrachtete, war nicht das Allerseltsamste an ihm. Denn wie sein Gürtel bald hier, bald dort aufblitzte und in einem Augenblick hell war, im nächsten dunkel wurde, so verwandelte auch die Gestalt selbst sich in ihrem Umriss; war jetzt ein Ding mit einem Arm, dann mit einem Bein, dann wieder hatte sie zwanzig Beine, dann ein paar Beine und keinen Kopf; dann war es ein Kopf allein ohne Körper; von den sich auflösenden Teilen aber blieb in der tiefen Finsternis, in die sie dahinschwanden, nicht einmal der Umriss erkennbar. Und just wenn man sich darüber wundern wollte, wuchs die Gestalt wieder zusammen und wurde klar und deutlich wie zuvor.

»Sind Sie der Geist, Sir, dessen Kommen mir angekündigt war?«, fragte Scrooge.

»Der bin ich!«

Die Stimme war sanft und freundlich und so überaus leise, als käme sie nicht aus nächster Nähe, sondern von weit her.

»Wer oder was sind Sie?«, fragte Scrooge.

»Ich bin der Geist der vergangenen Weihnachten.«

»Lange vergangener?«, forschte Scrooge, während er die zwerghafte Gestalt betrachtete.

»Nein, deiner vergangenen.«

Scrooge hätte kaum zu sagen vermocht warum, falls jemand ihn gefragt hätte, doch er spürte ein ganz besonderes Verlangen, den Geist in seiner Mütze zu sehen, und bat ihn, sie aufzusetzen.

»Was!«, rief der Geist aus, »so rasch willst du mit weltlichen Händen das Licht auslöschen, das ich spende? Ist es nicht genug, dass du einer von jenen bist, deren böse Leidenschaften diese Mütze schufen und mich zwingen, sie Jahr um Jahr tief in die Stirn gedrückt zu tragen!«

Ehrerbietig versicherte Scrooge, dass ihm jede Absicht einer Kränkung fernläge und dass er, in seinem ganzen Leben, niemals ihm willentlich die Mütze aufgesetzt habe. Dann fasste er sich ein Herz und fragte den Geist geradezu, was für ein Geschäft ihn hierher geführt habe.

»Dein Wohlergehen«, sagte der Geist.

Scrooge drückte ihm seinen verbindlichen Dank aus, doch konnte er sich des Gedankens nicht erwehren, dass eine ungestörte Nachtruhe diesem Zweck eher gedient hätte. Der Geist musste ihn denken gehört haben, denn er sagte sogleich:

»Deine Besserung, also. Sieh dich vor!«

Er streckte, während er sprach, seine starke Hand aus und ergriff ihn sanft am Arm.

»Erhebe dich und folge mir!«

Ganz vergeblich wäre es gewesen, wenn Scrooge eingewandt hätte, dass Wetter und Stunde für eine Fußwanderung wenig geeignet seien, dass das Bett warm sei und das Thermometer weit unter den Nullpunkt zeige, dass er mit Pantoffeln, Schlafrock und Nachtmütze nur leicht bekleidet und zur Zeit auch noch erkältet sei. Dem Griff, so sanft wie der einer Frauenhand, war nicht zu widerstehen. Er erhob sich, doch als er sah, dass der Geist sich auf das Fenster zubewegte, ergriff er flehend sein Gewand.

»Ich bin nur ein sterblicher Mensch und werde fallen«, wandte er ein.

»Lass dich nur hier mit meiner Hand berühren«, sagte der Geist und legte sie ihm aufs Herz, »und du wirst über mehr als dies hinwegkommen.«

Bei diesen Worten glitten sie schon durch die Wand und standen nun auf offener Landstraße, mit Feldern zu beiden Seiten. Die Stadt war verschwunden, keine Spur war von ihr zu sehen, und mit ihr waren Dunkelheit und Nebel vergangen, denn es war ein klarer kalter Wintertag, und Schnee bedeckte den Boden.

»Du lieber Himmel«, sagte Scrooge und legte die Hände zusammen, als er sich umblickte, »hier wurde ich aufgezogen. Hier war ich als Junge.«

Milde blickte der Geist auf ihn nieder. Seine sachte Berührung, so leicht und flüchtig sie gewesen war, zitterte noch nach in dem alten Mann. Tausende von Düften nahm er wahr, die die Luft durchschwängerten, und jeder von ihnen war verschwistert mit tausend Gedanken und Hoffnungen, mit Freuden und Sorgen, die lang, lang schon vergessen waren.

»Deine Lippen beben, und was ist denn das da auf deiner Wange?«, fragte der Geist.

Mit ungewohnt stockender Stimme murmelte Scrooge, es sei ein Pickel, und bat den Geist, ihn zu führen, wohin er wolle.

»Erinnerst du dich des Weges?«, fragte ihn der Geist.

»Und ob ich mich erinnere!«, rief Scrooge lebhaft aus. »Blindlings könnte ich ihn gehen.«

»Seltsam, dass du ihn so viele Jahre vergessen hattest«, bemerkte der Geist, »doch lass uns weiterwandern.«

Sie zogen die Straße entlang. Scrooge erkannte jedes Gatter, jeden Pfahl, jeden Baum, bis in der Ferne ein kleiner Marktflecken auftauchte, mit seiner Kirche und der Brücke über dem sich dahinwindenden Fluss. Nun sahen sie einige zottige Ponys auf sich zutraben, von Jungen geritten, die andere auf ländlichen, von Bauern gefahrenen Karren und Wagen anriefen. Alle diese Jungen waren übermütiger Laune und jauchzten einander zu, so dass die prickelnd kalte Luft über den Feldern so voll fröhlicher Musik war, als lache sie mit.

»Dies sind nur Schatten dessen, was einst war«, sagte der Geist, »sie nehmen uns nicht wahr.«

Als die fröhliche Gesellschaft näher und näher herankam, erkannte Scrooge jeden Einzelnen und nannte ihn mit Namen. Warum nur freute er sich so über die Maßen, sie zu sehen? Warum nur leuchteten seine kalten Augen, warum hüpfte sein Herz, als sie vorbeizogen? Warum durchrann ihn ein Glücksgefühl, wie er sie einander Fröhliche Weihnachten wünschen hörte, als sie an Straßenkreuzungen und Feldwegen sich trennten, um den Weg nach Hause einzuschlagen? Was bedeutete Fröhliche Weihnachten denn für Scrooge? Zum Kuckuck mit der Fröhlichen Weihnacht! Was hatte sie ihm denn schon Gutes gebracht?

»Die Schule ist nicht ganz leer«, sagte der Geist. »Ein einsames, von seinen Gefährten unbeachtetes Kind ist dort zurückgeblieben.«

Scrooge sagte, er wisse es. Und er schluchzte.

Sie verließen die Landstraße und gelangten auf einem Fußweg, an den er sich gut erinnerte, bald zu einem roten Backsteinbau, dessen Dach eine kleine, von einem Wetterhahn bekrönte Kuppel überragte, in der eine Glocke hing. Es war ein stattliches Haus, doch es verriet den Verfall einstiger Wohlhabenheit; die geräumigen Zimmer waren kaum benutzt, die Wände feucht und moosüberwachsen, die Fenster zerbrochen und die Tore zerfallen. In den Ställen machte das Geflügel sich gackernd breit, und die Wagenschuppen und Scheunen waren von Gras überwuchert. Auch im Inneren war vom alten Zustand nicht viel erhalten, denn als sie die düstere Halle betraten und durch die offenen Türen in einige Räume hineinschauten, fanden sie diese spärlich ausgestattet, kalt und öde. Ein modriger Geruch hing in der Luft, eine frostige Leere lag über dem Ort, die irgendwie an allzu frühes Aufstehen bei Kerzenlicht und magre Mahlzeiten gemahnte.

Die beiden, Scrooge und der Geist, gingen durch die Halle zu einer Tür an der Rückseite des Hauses. Sie öffnete sich vor ihnen und ließ einen langen, kahlen, trübseligen Raum erkennen, der durch die Reihen der Pulte und Bänke nur noch öder erschien. Auf einer von diesen saß ein einsamer Junge und las bei einem schwachen Feuer; und Scrooge setzte sich hin auf eine Bank und weinte, als er sein armes vergessenes Ich sah, so wie es einst gewesen war.

Kein verborgenes Echo im Haus, kein Pfeifen und Rascheln von Mäusen hinter der Täfelung, kein Tropfen aus der halb aufgetauten Dachrinne hinten im kahlen Hof, kein Seufzer in den blätterlosen Zweigen einer verzagten Pappel, nicht das unnütze Hin- und Herklappen einer Schuppentüre, nein, nicht einmal das Knistern des Feuers, das Scrooges Herz nicht weich machte und seinen Tränen freieren Lauf gab.

Der Geist berührte seinen Arm und deutete auf sein früheres Ich, das so vertieft ins Lesen war. Mit einmal stand ein Mann da in fremdartiger Tracht, wunderbar deutlich und genau zu erkennen stand er da, draußen vor dem Fenster, mit einer Axt im Gürtel und einen holzbeladenen Esel am Zügel führend.

»Ach, das ist ja Ali Baba!«, rief Scrooge ganz aufgeregt aus, »der gute, alte, ehrliche Ali Baba. Ja, ja, ich weiß es noch. Einmal zur Weihnachtszeit, als das einsame Kind hier ganz alleingelassen dasaß, da kam er zum ersten Mal, genau wie jetzt! Armer Junge! Und Valentin und sein wilder Bruder Orson, da – dort gehen sie! Und wie hieß nur der, der schlafend in Unterhosen am Tor von Damaskus niedergelegt wurde, siehst du ihn nicht? Und des Sultans Reitknecht, den die Kobolde auf den Kopf stellten, ha, da steht er auf seinem Kopf! Geschieht ihm recht! Das freut mich! Warum wollte er auch die Prinzessin heiraten?«

Zu hören, wie Scrooge sich mit der ganzen Ernsthaftigkeit seines Wesens, mit einer Stimme zwischen Lachen und Weinen und mit erregt gerötetem Gesicht über all dies verbreitete: das wäre tatsächlich eine Überraschung für seine Geschäftsfreunde in der City gewesen. »Da ist der Papagei!«, rief Scrooge, »mit grünem Leib und gelbem Schwanz und so was wie einer Salatstaude auf dem Kopf, ja, das ist er! ›Armer Robinson Crusoe‹, rief er ihm zu, als der von der Umsegelung seiner Insel zurückkehrte. ›Armer Robinson Crusoe, wo bist du gewesen, Robinson Crusoe?‹ Der Mann glaubte zu träumen, aber weit gefehlt! Es war der Papagei, musst du wissen. Da ist Freitag – der rennt um sein Leben zu der kleinen Bucht hinab! Hallo, hallo, hopp!«

Dann, in raschem Wechsel der Stimmung, wie es sonst nicht seine Art war, verfiel er in tiefes Mitleid mit seinem früheren Ich: »Armer Junge!«, sagte er und fing wieder an zu weinen.

»Ich wünschte«, murmelte Scrooge, indem er seine Hand in die Tasche schob und sich umschaute – nachdem er sich die Augen am Ärmelaufschlag abgewischt hatte –, »aber nun ist es zu spät.«

»Was möchtest du?«, fragte der Geist.

»Ach nichts«, sagte Scrooge, »eigentlich nichts. Da war nur

ein Junge an meiner Tür letzte Nacht und sang ein Weihnachtslied. Ich hätte ihm wohl etwas geben sollen, das ist's; sonst nichts.«

Der Geist lächelte gedankenvoll, winkte dabei mit der Hand und sagte: »Lass uns ein anderes Weihnachten betrachten!«

Bei diesen Worten wuchs Scrooges früheres Ich, und der Raum wurde noch etwas düsterer und schmutziger. Die Vertäfelung schrumpfte, die Fensterscheiben zersprangen, der Verputz fiel in Stücken von der Decke, so dass das nackte Lattenwerk sichtbar wurde, aber wie all dies geschah, das wusste Scrooge ebenso wenig wie du, lieber Leser. Er wusste nur, dass alles genau stimmte; dass alles sich genau so zugetragen hatte; dass er hier war und wiederum allein, nachdem alle andern Jungen zu fröhlichen Weihnachtstagen nach Hause gefahren waren.

Diesmal las er nicht, sondern ging verzweifelt auf und ab. Scrooge schaute nach dem Geist hin, schüttelte betrübt den Kopf und blickte dann in ängstlicher Erwartung nach der Türe.

Sie öffnete sich; und ein kleines Mädchen, viel jünger als der Knabe, schoss herein und legte ihm beide Arme um den Hals, und während es ihn wieder und wieder küsste, nannte es ihn seinen lieben, lieben Bruder.

»Ich bin gekommen, dich nach Hause zu holen, lieber Bruder!«, sagte das Kind und klatschte in seine kleinen Hände und bog sich vor Lachen. »Nach Hause, nach Hause, nach Hause!«

»Nach Hause, kleine Fanny?«, erwiderte der Junge.

»Ja!«, rief das Kind in übersprudelnder Freude, »heim ein für alle Mal. Heim für immer! Vater ist so viel freundlicher als früher, dass es bei uns nun wie im Himmel ist. Eines schönen Abends, als ich zu Bett ging, hat er so sanft mit mir gesprochen, dass ich mich nicht fürchtete und ihn noch einmal fragte, ob du nicht heimkommen dürftest; und er sagte ja, du solltest kommen, und er hat mich in einer Kutsche hergeschickt, dich zu holen. Und du sollst nun ein Mann sein«, sagte das Kind und mach-

Loch, einem Brunnenschacht ähnlich, saß und mit dem Abschreiben von Briefen beschäftigt war. Bei Scrooge brannte ein recht kleines Feuer, aber das Feuer bei dem Buchhalter war um so vieles kleiner, dass es nur wie eine einzige Kohle aussah. Doch er konnte nicht nachlegen, denn Scrooge bewahrte die Kohlenkiste in seinem Zimmer, und jedes Mal, wenn der Buchhalter mit der Schaufel hereinkam, sagte ihm sein Chef voraus, dass sie sich wohl bald würden trennen müssen. So band der Buchhalter sich seinen weißen Schal um und versuchte, sich an der Kerze zu erwärmen; in dieser Bemühung aber hatte er, als ein Mann von geringer Einbildungskraft, keinen Erfolg.

»Fröhliche Weihnachten, Onkel! Gott segne Sie!«, rief eine frohe Stimme. Es war die Stimme von Scrooges Neffen, der so rasch eingetreten war, dass dieser ihn erst jetzt bemerkte.

»Ach was!«, entgegnete Scrooge. »Dummes Zeug!«

Der Neffe war vom schnellen Laufen durch Nebel und Kälte so erhitzt, dass sein hübsches Gesicht glühte, seine Augen funkelten und sein Atem rauchte.

»Weihnachten dummes Zeug? Onkel!«, entgegnete er. »Das meinen Sie doch sicher nicht im Ernst!«

»Doch, das tue ich!«, sagte Scrooge. »Fröhliche Weihnachten! Welches Recht hast du, fröhlich zu sein? Welchen Grund hast du dazu? Du bist arm genug!«

»Na, hören Sie einmal!«, gab der Neffe heiter zurück. »Welches Recht haben *Sie*, trübsinnig zu sein? Welches Recht für Ihren Griesgram? Sie sind doch reich genug!«

Da Scrooge im Augenblick nichts Besseres einfiel, brummte er nur: »Ach was!«, und dann noch einmal: »Dummes Zeug!«

»Seien Sie doch nicht so verdrießlich, Onkel!«, sagte der Neffe.

»Was kann ich denn sonst sein«, entgegnete der Onkel, »wenn ich in solch einer Welt voller Narren lebe? Fröhliche Weihnachten! Lass mich in Ruhe mit deinen Fröhlichen Weihnachten! Was ist denn Weihnachten anderes für dich als eine Zeit, da du te große Augen, »und nie wieder hierher zurückkommen. Doch erst werden wir die ganze Weihnachtszeit beisammen sein und uns die fröhlichsten Tage von der Welt machen.«

»Du bist ja eine richtige Dame geworden, kleine Fanny«, rief der Junge aus.

Sie klatschte in die Hände und lachte und versuchte ihn beim Kopf zu nehmen, doch da sie zu klein war, lachte sie wieder und stand nun auf Zehenspitzen und umarmte ihn. Dann begann sie mit kindlichem Eifer, ihn nach der Türe zu ziehen; und nur zu gern folgte er ihr.

In der Halle draußen rief eine fürchterliche Stimme: »Bringt Master Scrooges Koffer herunter!«, und in der Halle erschien der Schulmeister selbst, der ›Master Scrooge‹ mit grimmiger Herablassung betrachtete und ihn, indem er ihm die Hand schüttelte, schrecklich in Verlegenheit brachte. Darauf führte er ihn und seine Schwester in die scheußlichste alte Höhle eines feuchtkalten Besuchszimmers, die man je gesehen hat, wo die Landkarten an den Wänden und die Himmels- und Erdgloben in den Fenstern vor Kälte beschlagen waren. Hier brachte er eine Karaffe ausnehmend dünnen Weins und ein dickes Stück ausnehmend schweren Kuchens zum Vorschein und teilte diese Leckerbissen dem jungen Volk in sparsamen Portionen zu; gleichzeitig schickte er eine magere Dienstmagd hinaus, dem Kutscher ein Glas anzubieten, der aber antworten ließ, er danke dem Herrn, doch wenn es vom gleichen Fass sei wie das letzte Mal, so verzichte er lieber. Nachdem unterdessen Master Scrooges Koffer auf dem Verdeck der Kutsche festgemacht war, sagten die Kinder dem Schulmeister nur zu gerne Lebewohl; sie stiegen ein und fuhren vergnügt die Parkeinfahrt hinab, und die flinken Räder fegten den Schnee und Raureif wie Gischt von den dunklen Blättern des Immergrüns.

»Sie war von jeher ein zartes Geschöpf, das schon ein kalter Hauch zerstören konnte«, bemerkte der Geist, »doch sie hatte ein reiches Herz.«

»Das hatte sie«, rief Scrooge, »da hast du recht, Geist, dagegen will ich nichts sagen, Gott behüte!«

»Sie starb als Frau«, sagte der Geist, »und hatte, glaube ich, Kinder!«

»Ein Kind!«, erwiderte Scrooge.

»Richtig«, sagte der Geist, »dein Neffe.«

Scrooge, als wäre er peinlich berührt, brummte ein kurzes »Ja«.

Obgleich sie eben erst die Schule hinter sich gelassen hatten, befanden sie sich nun in den geschäftigen Hauptstraßen einer Stadt, wo schattenhafte Fußgänger hin- und herliefen, wo schattenhafte Wagen und Kutschen sich einen Weg bahnten und all das laute Gedränge einer wirklichen Stadt herrschte. Die Ausschmückung der Schaufenster zeigte deutlich genug, dass auch hier wiederum Weihnachten war; doch es war nun Abend, und die Straßen waren erleuchtet.

Vor einer bestimmten Ladentüre blieb der Geist stehen und fragte Scrooge, ob er sie kenne.

»Ob ich sie kenne?«, meinte Scrooge, »war ich denn nicht hier in der Lehre?«

Sie traten ein. Beim Anblick eines alten Herrn in einer französischen Perücke, der hinter einem so hohen Pult saß, dass er, wäre er nur zwei Zoll größer gewesen, mit dem Kopf an die Decke gestoßen wäre, rief Scrooge in großer Erregung aus:

»Wie, das ist ja der alte Fezziwig! Gott segne ihn! Der gute Fezziwig, wie er leibt und lebt!«

Der alte Fezziwig legte seine Feder hin und blickte nach der Uhr, die die siebente Stunde zeigte. Er rieb sich die Hände, zog seine stattliche Weste zurecht, lachte über das ganze Gesicht und von den Fußspitzen bis zum Halse hinauf vor lauter Wohlwollen; und mit seiner behaglichen, öligen, vollen, fetten und freundlichen Stimme rief er:

»Heda, ihr beiden! Ebenezer! Dick!«

Scrooges früheres Ich, zum jungen Mann nun herangewachsen, trat lebhaft ein, begleitet von seinem Mitlehrling.

»Dick Wilkins, wahrhaftig!«, sagte Scrooge zum Geist. »Du meine Güte, ja, das ist er! Er hing sehr an mir, der Dick. Armer Dick! Ach ja …«

»Hallo, Jungens«, rief Fezziwig, »Schluss mit der Arbeit für heute! Es ist doch Weihnachtsabend, Dick, Weihnachten, Ebenezer! Schnell, macht zu, legt die Läden vor!«, rief der alte Fezziwig und klatschte laut in die Hände, »rasch, los, schneller als einer Jack Robinson sagen kann.«

Kaum zu glauben, wie die zwei Burschen loslegten. Sie rannten mit den Läden auf die Straße – eins, zwei, drei – setzten sie ein – vier, fünf, sechs – stießen die Querstangen vor und schlossen sie ab – sieben, acht, neun – und waren wieder da, schnaubend wie Rennpferde, bevor ihr bis zwölf gekommen wärt.

»Heißa!«, rief der alte Fezziwig und schwang sich mit erstaunlicher Behändigkeit von seinem hohen Sitz herunter, »räumt auf, Jungens, räumt aus, und lasst uns hübsch Platz machen! Hallo hopp, Dick! Los, Ebenezer!«

Ausräumen! Es gab nichts, was sie nicht wegräumen wollten und wegräumen konnten, während der alte Fezziwig ihnen zuschaute. In einer Minute war es geschehen. Alles Bewegliche wurde verstaut, als sei es für immer aus dem öffentlichen Leben verbannt; der Boden wurde gefegt und gesprengt, die Lampen geputzt, im Kamin frisch nachgelegt, und der Laden war so gemütlich warm und trocken und so hell, wie ihr euch einen Ballsaal in einer Winternacht nur immer wünschen könnt.

Hereinkam ein Geiger mit einem Notenheft und bestieg das luftige Pult und machte es zum Orchester; und dann stimmte er seine Geige, dass es klang, als hätte sie Bauchgrimmen. Hereinkam Mrs. Fezziwig, ein einziges rundes, wohlgepolstertes Lächeln. Hereinkamen die drei jungen Fräulein Fezziwig, strahlend und liebenswürdig. Hereinkamen die sechs jungen Verehrer, denen sie das Herz brachen. Hereinkamen all die jungen Männer und Frauen, die in dem Geschäft angestellt waren. Hereinkam die Hausmagd mit ihrem »Vetter«, dem Bäcker, und dann die Köchin mit dem »Herzensfreund ihres Bruders«, dem Milchmann. Hereinkam der Laufbursche von gegenüber, von dem es hieß, er bekomme bei seinem Herrn nicht satt zu essen; er versuchte, sich hinter dem Hausmädchen von nebenan zu verstecken, von dem man wusste, dass seine Herrin es bei den Ohren zerrte. Sie alle kamen herein, einer nach dem andern; einige scheu, einige keck, manche anmutig, manche linkisch, einige stießen, andere drängten; hereinkamen sie alle irgendwie und irgendwohin. Und dann ging's los, zwanzig Paare auf einmal, eine halbe Runde hin, eine halbe zurück, dann durch die Mitte hinunter und wieder herauf und immer rundum in verschiedenen Figuren; das ursprünglich erste Paar an der Spitze wandte sich immer nach der falschen Seite, das nächste Spitzenpaar, sobald es dort angelangt war, begann wieder von Neuem, schließlich gab es nur noch erste Paare und keine Gegenüber, mit denen sie die Figuren hätten ausführen können.

Als dies Ergebnis endlich erreicht war, klatschte der alte Fezziwig in die Hände, um den Tanz abzubrechen, und rief: »Gut gemacht!«, und der Geiger versenkte sein heißes Gesicht in einen Krug Porter, der eigens zu diesem Zweck bereitgestellt war. Nach seinem Auftauchen aber verschmähte er jede weitere Pause und begann sofort von Neuem zu fiedeln, obgleich noch kein Tänzer angetreten war, so als ob der völlig erschöpfte Geiger auf einem Fensterladen nach Hause gebracht worden und jetzt ein völlig neuer Mann da wäre, entschlossen, den andern auszustechen oder zu sterben.

Es wurden noch weitere Tänze getanzt, und dann kamen Pfänderspiele dran und wiederum Tänze; es gab Kuchen und Glühwein und ein großes Stück kaltes Roastbeef und ein großes Stück gekochtes Rindfleisch; und es gab gefüllte Pasteten und eine Menge Bier. Aber der Hauptspaß des Abends kam nach dem Gebratenen und Gekochten, als der Fiedler (ein schlauer Fuchs wohlgemerkt, die Art Kerl, die ihr Geschäft besser versteht, als du oder ich es ihm beibringen könnten) loslegte und ›Sir Roger de Coverly‹ anstimmte. Da forderte der alte Fezziwig Mrs. Fezziwig zum Tanz auf und trat auch noch als erstes Paar an. Da lag ein gutes Stück Arbeit vor den beiden, mit drei- oder vierundzwanzig Paaren, Leuten, mit denen nicht zu spaßen war, die richtig lostanzen wollten und nicht die Absicht hatten, nur gemächlich dahinzuschreiten.

Aber wenn es auch doppelt so viele gewesen wären – ah, viermal so viele, der alte Fezziwig wäre ihnen gewachsen gewesen, und ebenso Mrs. Fezziwig. Was sie betrifft, so war sie eine seiner würdige Partnerin, in jedem Sinne des Wortes. Wenn dies kein Lob ist, so nennt mir ein höheres, und ich will es ihr spenden. Von Fezziwigs Waden schien ein eigenes Licht auszugehen. In jeder Bewegung des Tanzes leuchteten sie wie kleine Monde, und ihr hättet in keinem Augenblick sagen können, was im nächsten mit ihnen geschehen würde. Und als der alte Fezziwig und Mrs. Fezziwig den Tanz zu Ende geführt hatten – vorwärts und zurück, beide Hände dem Partner gereicht, Verbeugung und Knicks, grand Compliment, Moulinet und wieder zurück an den alten Platz –, da machte Fezziwig seine Entrechats so gewandt, dass er mit seinen Beinen förmlich zu winken schien und wieder auf die Füße kam, ohne auch nur zu taumeln.

Als die Uhr elf schlug, fand der Hausball sein Ende. Mr. und Mrs. Fezziwig stellten sich zu beiden Seiten der Türe auf und gaben jedem einzeln die Hand, als er oder sie hinausging, und wünschten ihm oder ihr Fröhliche Weihnachten. Als alle, bis auf die beiden Lehrlinge, sich zurückgezogen hatten, machten sie es ebenso mit diesen; und dann verklangen die fröhlichen Stimmen, und die jungen Burschen konnten nun ihre Betten aufsuchen, die sich unter einem Ladentisch im hintern Lagerraum befanden.

Während all dieser Zeit hatte Scrooge sich gebärdet wie einer, der den Verstand verloren hat. Er war mit Herz und Sinnen in seinem früheren Ich und bei allem mit dabei gewesen. Er erinnerte sich an alles, bestätigte alles, freute sich an allem und war aufs Seltsamste bewegt. Nun erst, als die fröhlichen Gesichter Dicks und seines früheren Ich sich von ihnen abgewandt hatten, dachte er wieder an den Geist und gewahrte, dass dieser ihn groß anblickte und das Licht auf seinem Scheitel aufleuchtete.

»Wie leicht es doch ist«, sagte der Geist, »diese albernen Leutchen sich zu Dank zu verpflichten.«

»Wie leicht!«, wiederholte Scrooge.

Der Geist bedeutete ihm durch Zeichen, den beiden Lehrlingen zu lauschen, die ihre vollen Herzen zum Lobe Fezziwigs ausschütteten, und dann meinte er:

»Nun, ist es nicht so? Er hat nur ein paar Pfund von eurem irdischen Mammon hergegeben, drei oder vielleicht auch vier. Ist das denn so viel, dass er ein solches Lob verdient?«

»Das ist es ja nicht«, antwortete Scrooge, durch diese Bemerkung gereizt, und unbewusst sprach er dabei wie sein früheres, nicht wie sein späteres Ich. »Nicht das ist es, Geist, aber er hat die Macht, uns glücklich oder unglücklich, unsern Dienst leicht oder mühselig zu machen, zu einem Vergnügen oder zu einer Plackerei. Mag sein, seine Macht liegt nur in Worten und Blicken, in Dingen, so leicht und ohne Gewicht, dass es unmöglich ist, sie abzuwägen und zu verrechnen – doch was will das heißen? Das Glück, das er schafft, ist so groß, als ob es ein Vermögen gekostet hätte.«

Er spürte den Blick des Geistes und hielt inne.

»Was ist los?«, fragte der Geist.

»Ach, nichts Besonderes«, sagte Scrooge.

»Aber doch irgendetwas«, beharrte der Geist.

»Ach«, sagte Scrooge, »ich wollte, ich könnte meinem Buchhalter gerade jetzt ein Wort sagen oder auch zwei. Weiter nichts.«

Während er diesem Wunsch Ausdruck gab, löschte sein früheres Ich die Lampen aus, und Scrooge und der Geist standen Seite an Seite wieder draußen im Freien.

»Meine Zeit läuft ab«, bemerkte der Geist. »Rasch!«

Dies war nicht an Scrooge noch an sonst jemand Sichtbaren gerichtet, doch es brachte unmittelbar eine Wirkung hervor. Denn wiederum erblickte Scrooge sich selbst. Er war nun älter, ein Mann in der Blüte seines Lebens. Sein Gesicht trug noch nicht die scharfen und strengen Züge seiner späteren Jahre, doch war es von Sorge und Geiz schon gezeichnet. Die ruhelose Bewegung seiner gierigen Augen zeigte an, welche Leidenschaft in ihm Wurzeln geschlagen hatte und wohin der wachsende Baum seinen Schatten einst werfen würde.

Er war nicht allein, sondern saß neben einem hübschen jungen Mädchen in Trauerkleidung, in dessen Augen Tränen funkelten, bei dem Licht, das der Geist der vergangenen Weihnachten ausstrahlte.

»Es macht nur wenig aus«, sagte sie sanft, »oh, dir sehr wenig. Ein Götzenbild hat mich aus deinem Herzen verdrängt, und wenn es dich in kommenden Zeiten erfreuen und trösten kann, wie ich es zu tun versucht hätte, so habe ich keinen Grund, mich zu beklagen.«

»Was für ein Bild denn hat dich verdrängt?«, fiel er ein.

»Ein goldenes!«

»Das ist die Gerechtigkeit der Welt!«, sagte er. »Gegen nichts ist sie so unbarmherzig wie gegen die Armut, und nichts gibt sie vor, strenger zu verdammen als die Jagd nach Reichtümern.«

»Du fürchtest die Welt zu sehr«, antwortete sie sanft. »All dein Verlangen, all deine Hoffnungen sind in dem einen Wunsch aufgegangen, über ihren schmählichen Vorwürfen zu stehen. All deine edleren Regungen habe ich, eine nach der andern, dahinschwinden sehen, bis deine Hauptleidenschaft – Gewinn – dich allein ausfüllte. Ist es nicht so?«

»Und wenn schon«, gab er zurück, »selbst wenn ich so viel klüger geworden wäre, was tut das? Dir gegenüber habe ich mich nicht verändert.«

Sie schüttelte den Kopf.

»Oder doch?«

»Unser Verlöbnis stammt aus einer früheren Zeit«, antwortete sie sanft. »Es wurde geschlossen, als wir beide arm und damit zufrieden waren, bei guten Zeiten durch Fleiß und Ausdauer unsern Wohlstand zu heben. Du hast dich verändert, du warst ein anderer, als es geschlossen wurde.«

»Ich war ein Junge«, sagte er ungeduldig.

»Dein eigenes Gefühl sagt dir, dass du nicht so bist, wie du einst warst. Aber ich bin es noch. Das, was uns Glück versprach, als wir im Herzen einig waren, droht Unglück über uns zu bringen, jetzt, wo wir es nicht mehr sind. Wie oft und wie eingehend ich all dies bedacht habe, will ich nicht sagen. Es ist genug, dass ich es getan habe und dass ich dich freigeben kann.«

»Habe ich das je verlangt?«

»Mit Worten? Nein, niemals.«

»Womit denn?«

»Durch ein verändertes Wesen, durch eine veränderte Gesinnung, durch eine andere Art zu leben, durch andere Erwartungen letzten Endes. Durch die Preisgabe all dessen, was meiner Liebe in deinen Augen Sinn und Wert gab. Wenn all dies niemals zwischen uns bestanden hätte«, fragte das Mädchen und blickte ihn freundlich, aber fest an dabei, »sag, würdest du mich jetzt noch erwählen und mich zu gewinnen suchen? Oh, nein!«

Widerwillig schien er die Berechtigung dieser Meinung zuzugeben, doch er sträubte sich dagegen und sagte: »Du glaubst es also nicht?«

»Oh, wie gerne würde ich anders denken, wenn ich es könnte«, antwortete sie, »das weiß der Himmel! Aber wenn ich diese Wahrheit erkennen musste, so weiß ich auch, wie zwingend und unausweichlich sie ist. Doch wenn du heute frei wärst, heute, gestern oder morgen – könnte selbst ich noch glauben, dass du um ein armes Mädchen ohne Mitgift freien würdest? Du, der selbst im vertrauten Beisammensein mit ihr ein jedes Ding nach dem Gewinn abschätzen würdest, den es einbringt? Oder wenn du doch um sie freitest und damit deinem herrschenden Grundsatz untreu würdest, weiß ich denn nicht genau, dass Reue und Bedauern sicher bald folgen würden? Ich weiß es und ich gebe dich frei. Von ganzem Herzen, aus Liebe zu dem, der du einst warst.«

Er wollte sprechen, doch sie fuhr mit abgewandtem Gesicht fort.

»Vielleicht – und die Erinnerung an das Vergangene lässt es mich fast hoffen – wird dir dies weh tun. Für eine Weile, eine ganz kleine Weile, und dann wirst du die Erinnerung daran aus deinem Gedächtnis verscheuchen, als einen nutzlosen Traum, aus dem du glücklicherweise erwacht bist. Magst du glücklich werden in dem Leben, das du dir gewählt hast!«

Sie verließ ihn, und so schieden sie voneinander.

»Geist«, sagte Scrooge, »zeige mir nichts mehr. Bring mich nach Hause. Warum denn macht es dir Freude, mich zu quälen?«

»Noch ein Bild!«, rief der Geist aus.

»Nein, nichts mehr«, bat Scrooge.

Aber der unbarmherzige Geist zwang ihn mit anzusehen, was nun geschah.

Es war ein anderer Ort und eine andere Szene, in einem Zimmer, das nicht sehr groß oder vornehm, aber überaus gemütlich war. Neben dem winterlichen Feuer saß ein schönes junges Mädchen, dem eben erblickten so ähnlich, dass Scrooge glaubte, es wäre das gleiche, bis er *sie* erblickte, eine noch anmutige ältere Frau, die ihrer Tochter gegenübersaß. Das Zimmer war voller Lärm und Gedränge, denn es waren mehr Kinder da, als Scrooge in seiner Aufregung zu zählen vermochte. Und ungleich der berühmten Schar im Gedicht, wo vierzig Kinder sich wie eines betragen, betrug hier ein jedes der Kinder sich so laut wie vierzig. Die Folge davon war ein unvorstellbarer Trubel; doch schien dies niemand etwas auszumachen, im Gegenteil, Mutter und Tochter lachten von Herzen und hatten ihre Freude daran; und bald auch mischte die letztere sich in das muntere Treiben und wurde von den kleinen Strolchen unbarmherzig hergenommen. Was hätte ich nicht dafür gegeben, einer von ihnen zu sein; obwohl ich niemals so derb hätte sein können, nein, nicht um alles in der Welt hätte ich dies schön geflochtene Haar verwirren und herunterzerren und diese niedlichen Schuhe ihr ausziehen mögen; nicht um mein Leben zu retten. Und ihre Taille zu messen, zum Spaß, wie die kecke, junge Brut dies tat – das hätte ich nicht gewagt, hätte ich doch befürchtet, dass mein gebogener Arm zur Strafe nie wieder gerade würde. Und doch, ich gestehe es: nur zu gerne hätte ich ihre Lippen berührt, sie etwas gefragt, damit sie sich öffneten, und, ohne sie zum Erröten zu bringen, auf die Wimpern ihrer niedergeschlagenen Augen geschaut, wie gerne ihre Locken gelöst, von denen eine einzige schon ein unschätzbares Andenken gewesen wäre! Kurz, ich bekenne, wie gerne ich die kleinen Freiheiten eines Kindes genossen, und doch Mann genug gewesen wäre, ihren Wert richtig einzuschätzen.

Doch nun vernahm man ein Klopfen an der Türe; und im Augenblick erhob sich ein derartiger Ansturm, dass sie mit lachendem Gesicht und zerzausten Kleidern inmitten dieser lärmenden Schar zur Türe hingerissen wurde, gerade recht, um den Vater zu begrüßen, der in Begleitung eines mit Paketen beladenen Mannes nach Hause kam. Doch nun das Geschrei und Gedränge und der Sturm auf den hilflosen Träger! Wie sie, Stühle als Leitern gebrauchend, an ihm hochkletterten, mit den Händen in seine Taschen tauchten, wie sie ihn seiner braunen Papierpäckchen beraubten, ihn am Halstuch zerrten, an seinem Halse hingen, ihn in den Rücken pufften und gegen seine Beine strampelten in ihrem unbezähmbaren Eifer. Die Ausrufe der Verwunderung und des Entzückens, von denen das Auswickeln jedes Päckchens begleitet war. Die schreckliche Kunde, als das Jüngste gerade noch erwischt wurde, wie es eine Puppenbratpfanne in den Mund steckte und nun der Verdacht auftauchte, es habe den Truthahn, der auf einem kleinen Holzteller aufgeleimt war, verschluckt. Die grenzenlose Erleichterung, als man fand, dass dies blinder Alarm gewesen war. Die Freude, die Dankbarkeit, das Entzücken lassen sich nicht beschreiben. Genug, allmählich verschwanden die Kinder und samt ihnen die Aufregung aus dem Wohnzimmer, und schließlich gelangten sie, eine Stufe um die andere emporkletternd, ins obere Stockwerk und in ihre Betten, wo sie dann endlich still wurden.

Und nun schaute Scrooge noch aufmerksamer hin als je, wie der Herr des Hauses mit der Mutter und der Tochter, die sich zärtlich an ihn schmiegte, seinen Platz am Kamin einnahm; und als er es bedachte, dass ein ebenso anmutiges und vielversprechendes Geschöpf ihn hätte Vater nennen und ein Stück Frühling im Winter seines Lebens sein können, da wurden seine Augen recht trübe.

»Bella«, wandte der Hausherr sich lächelnd an seine Frau, »heute Nachmittag habe ich einen alten Freund von dir gesehen.«

»Wer war es denn?«

»Rate einmal!«

»Wie kann ich das erraten? Doch halt! ich glaube, ich hab's«; und sie lächelte ihm zu, »Mr. Scrooge!«

»Ja, es war Mr. Scrooge. Ich ging an dem Fenster seines Kontors vorbei, und da der Laden nicht vorgelegt war und eine Kerze brannte, konnte ich nicht umhin, ihn zu sehen. Wie ich höre, liegt sein Partner im Sterben, und so saß er allein dort. Wirklich, ich glaube, er steht ganz allein in der Welt.«

»Geist«, sagte Scrooge mit gebrochener Stimme, »bring mich fort von hier!«

»Ich habe dir gesagt, dass dies Schatten vergangener Ereignisse sind«, sagte der Geist. »Dafür, dass sie sind, wie sie sind, musst du nicht *mich* tadeln!«

»Führe mich fort!«, rief Scrooge aus, »ich kann dies nicht ertragen!«

Er wandte sich nach dem Geist um, und als er sah, dass dieser ihn mit einem Gesicht anblickte, in dem auf seltsame Weise

Züge all der Gesichter hervortraten, die er ihm gezeigt hatte, da begann er mit ihm zu ringen.

»Lass mich los! Bring mich zurück! Verfolge mich nicht länger!«

Bei diesem Kampf, wenn man es einen Kampf nennen konnte, bei dem der Geist, ohne sichtbaren Widerstand seinerseits, durch keine Anstrengung seines Gegners erschüttert wurde, bemerkte Scrooge, dass sein Licht hell leuchtend strahlte; und da er dies irgendwie mit der Macht, die der Geist über ihn hatte, in Verbindung brachte, ergriff er den Löschhut und stülpte ihn ihm mit einer raschen Bewegung auf den Kopf.

Der Geist sank in sich zusammen, so dass der Löschhut seine ganze Gestalt bedeckte, doch sosehr Scrooge auch diesen mit aller Kraft herunterdrückte, konnte er das Licht doch nicht verbergen; es strömte in ununterbrochener Flut darunter hervor und über den Fußboden hin.

Scrooge fühlte, wie seine Kräfte schwanden und eine unwiderstehliche Schläfrigkeit ihn überkam, und dann sah er, dass er sich in seinem Schlafzimmer befand. Er drückte den Löschhut noch einmal kräftig nieder, wobei seine Hand schon schlaff wurde, und er hatte kaum Zeit, ins Bett zu wanken, bevor er in einen schweren Schlaf versank.

Dritte Strophe

Der zweite der drei Geister

Als Scrooge, mitten aus einem ungeheuerlichen Schnarchen erwachend, sich im Bett aufsetzte und seine Gedanken zu sammeln versuchte, brauchte ihm niemand zu sagen, dass die Glocke im Begriff war, eins zu schlagen. Er hatte das Gefühl, dass er gerade im rechten Augenblick wieder zu sich gekommen war, um Zwiesprache zu halten mit dem zweiten Boten, der ihm durch Jacob Marleys Vermittlung gesandt wurde. Da er aber feststellte, dass es ihn kalt überlief bei dem Gedanken, welchen der Vorhänge dies neue Gespenst zurückziehen würde, schob er sie alle eigenhändig beiseite, legte sich wieder hin und hielt scharfen Blickes Ausschau rund um sein Bett. Denn er wollte den Geist im Augenblick seines Erscheinens anrufen und nicht wieder überrascht und erschreckt werden.

Männer kecker, leichtherziger Art, die sich rühmen, alle Schliche zu kennen und jeder Lage gewachsen zu sein, pflegen den Bereich ihrer abenteuerlichen Fähigkeiten mit den Worten zu umreißen, sie seien für alles zu haben vom Knobeln bis zum Totschlag; zwischen welch beiden, einander entgegengesetzten Extremen zweifellos eine ziemlich lange und umfassende Reihe von Möglichkeiten liegt. Ohne Scrooge geradezu für solch einen Teufelskerl auszugeben, glaube ich doch sagen zu können, dass er auf eine ganze Schar seltsamer Erscheinungen gefasst war und dass vom Säugling bis zum Rhinozeros nichts ihn sehr in Erstaunen gesetzt hätte.

Doch nun, wo er auf beinahe alles gefasst war, war er doch keineswegs darauf gefasst, dass gar nichts geschehen würde; und so wurde er, als die Glocke *eins* schlug und kein Schatten erschien, von einem heftigen Zittern befallen. Fünf Minuten, zehn Minuten, eine Viertelstunde verging, aber nichts kam. Die ganze Zeit über lag er auf seinem Bett im Kern- und Sammelpunkt eines rötlich lodernden Lichtscheins, der darüber hinströmte, als die Uhr die Stunde schlug; und dass es einfach Licht war, das war beängstigender als ein Dutzend Geister; denn er konnte nicht herausfinden, was es zu bedeuten habe oder worauf es hinauswolle; und überdies befürchtete er, am Ende einen interessanten Fall von Selbstverbrennung darzustellen, ohne dies jedoch zu verstehen oder auch nur genau zu wissen. Schließlich aber kam ihm der Gedanke – auf den du, lieber Leser, oder ich sofort verfallen wären, denn derjenige, der nicht selbst in der Patsche sitzt, weiß stets, was zu tun wäre, und würde es zweifellos ja dann auch tun –, schließlich also, sage ich, kam ihm der Einfall, dass die geheimnisvolle Quelle dieses geisterhaften Lichtes im anstoßenden Zimmer sein könnte, von woher es auch bei näherer Betrachtung zu dringen schien. Als dieser Gedanke ganz von ihm Besitz ergriffen hatte, stand er leise auf und schlurfte in seinen Pantoffeln zur Türe.

Im Augenblick, da Scrooges Hand die Türklinke berührte, rief eine seltsame Stimme ihn beim Namen und hieß ihn eintreten. Er gehorchte.

Es war sein eigenes Wohnzimmer, darüber konnte es keinen Zweifel geben. Doch eine seltsame Veränderung war mit ihm vorgegangen. Die Decke und die Wände waren mit frischem Grün behangen, so dass es völlig wie ein Hain aussah, aus dem überall glänzende Beeren hervorschimmerten. Die steifen Blätter der Stechpalmen, der Misteln und des Efeus warfen wie kleine Spiegel das Licht zurück, und im Kamin stieg eine mächtig lodernde Flamme hoch, wie diese steinerne Feuerstätte sie weder zu Scrooges noch zu Marleys Zeiten oder in vielen, vielen vergangenen Wintern je gekannt hatte. Auf dem Fußboden lagen, aufgehäuft zu einer Art von Thron, Truthühner, Gänse, Wildbret, Hühner, Rauchfleisch, große Schinken, Spanferkel, Kränze von Würsten, Pasteten, Plumpuddings, Fässchen voller Austern, glühheiße Kastanien, rotwangige Äpfel, saftige Orangen, weiche reife Birnen, riesige Dreikönigskuchen und dampfende Punschbowlen, die das Zimmer mit ihren köstlichen Düften erfüllten. Hoch droben auf diesem Lager saß in ungezwungener Haltung – prächtig anzuschauen – ein fröhlicher Riese, der eine brennende Fackel hochhielt, und er hob sie recht hoch, damit ihr Licht auf Scrooge falle, als er zur Türe hereinlugte.

»Komm herein!«, rief der Geist. »Komm herein und lern mich besser kennen, Mann!«

Zaghaft trat Scrooge ein und senkte den Blick vor dem Geist. Er war nicht mehr der hartgesottene Scrooge, der er gewesen, und obwohl die Augen des Geistes klar und freundlich blickten, vermied er es doch, ihnen zu begegnen.

»Ich bin der Geist der gegenwärtigen Weihnacht«, sagte dieser, »schau mich an!«

Scrooge tat es voller Ehrfurcht. Der Geist trug einen einfachen grünen Umhang mit weißem Pelzbesatz. Dies Gewand hing so lose um seine Gestalt, dass seine mächtige Brust entblößt war, als verschmähte er es, sie zu bedecken und zu verbergen; seine Füße, die aus den weiten Falten des Gewandes hervorschauten, waren ebenfalls nackt. Auf seinem Haupt trug er nichts als einen Stechpalmenkranz, an dem da und dort ein Eiszapfen schimmerte. Seine langen dunkelbraunen Locken flossen offen herab, und offen war auch der Ausdruck seines heiteren Gesichtes, seiner glänzenden Augen, seiner geöffneten Hand, seiner fröhlichen Stimme, seiner ungezwungenen Haltung und sein ganzes freundliches Aussehen. Sein Leib war mit einem antiken Wehrgehänge umgürtet, doch es steckte kein Schwert darin, und die alte Scheide war von Rost zerfressen.

»Du hast zuvor wohl meinesgleichen nie gesehen!«, rief der Geist aus.

»Niemals«, gab Scrooge zur Antwort.

»Hast nie mit den jüngeren Gliedern meiner Familie Verkehr gepflogen, ich meine damit (denn ich selbst bin sehr jung) meine älteren Brüder, die in den letzten Jahren zur Welt kamen?«, fuhr der Geist fort.

»Ich glaube nicht«, sagte Scrooge; »ich fürchte, nein. Hast du viele Brüder, Geist?«

»Mehr als achtzehnhundert«, sagte der Geist.

»Eine verdammt große Familie, wenn man für sie zu sorgen hat«, murmelte Scrooge.

Der Geist der heurigen Weihnachten erhob sich.

»Geist«, sagte Scrooge unterwürfig, »führe mich, wohin du willst. Vergangene Nacht ging ich nur gezwungen mit, doch da habe ich eine Lehre empfangen, die noch nachwirkt. Wenn du mich heute Nacht etwas lehren willst, so lass es mir von Nutzen sein.«

»Ergreife mein Gewand!«

Scrooge tat, wie ihm befohlen war, und packte es fest.

Stechpalmen, Mistelzweige, rote Beeren, Efeu, Truthühner, Gänse, Wildbret, Hühner, Rauchfleisch, Braten, Ferkel, Würste, Austern, Pasteten, Puddings, Früchte und Punsch, alles verschwand im Augenblick, und ebenso das Zimmer, das Kaminfeuer, das rötliche Licht, die nächtliche Stunde. Sie standen am Weihnachtsmorgen in den Straßen der Stadt, wo die Leute, denn das Wetter war bitterkalt, eine raue, aber nicht unerfreuliche Musik vollführten, indem sie den Schnee von ihren Türschwellen und Hausdächern herunterschaufelten; für die Jungens war es ein unbändiges Vergnügen, ihn auf die Straße herunterplumpsen und in kleinen künstlichen Schneestürmen zerstäuben zu sehen.

Die Häuserfronten sahen schwarz genug aus, und die Fenster hoben sich noch schwärzer gegen die glatte weiße Schneedecke der Dächer und auch gegen die schmutzigere des Erdbodens ab, in den die schwarzen Räder der Karren und Wagen tiefe Spuren gezogen hatten; Spuren, die sich dort, wo die großen Straßen abzweigten, wohl an die hundert Mal überschnitten und in dem dicken gelben Matsch des Schneewassers einander durchkreuzende Kanäle bildeten. Der Himmel war düster, und selbst die kürzesten Gassen verloren sich in einem schmutzigen, halb tauenden, halb frierenden Nebel, dessen schwerere Bestandteile sich in einem Schauer von Ruß niederschlugen, als ob alle Kamine Großbritanniens wie auf Verabredung sich gleichzeitig entzündet hätten und nun aus Herzenslust losbrannten. Weder das Wetter noch die Stadt hatte an sich etwas besonders Erheiterndes, und doch lag ein Schimmer der Freude darüber, den zu verbreiten die reinste Sommerluft und der glänzendste Sonnenschein sich vergeblich bemüht haben würden.

Denn die Leute, die den Schnee von den Dächern hinabschaufelten, waren fröhlich und voller Übermut und riefen einander von den Brüstungen zu und wechselten im Spaß dann und wann einen Schneeball – ein harmloseres Geschoss als manches Witzwort – und lachten herzlich, wenn er traf, und nicht minder herzlich, wenn er danebenging. Die Läden der Geflügelhändler waren noch halb offen, und die der Fruchthändler strahlten in vollem Glanz. Da waren große, runde, dickbauchige Körbe voller Kastanien, umfangreich wie die Westen jovialer alter Herren, die, an den Türen lehnend, in die Straßen hinauspurzelten in ihrer zum Schlagfluss neigenden Rundlichkeit. Da waren rötlichbraune, fleischige spanische Zwiebeln, die prall und fett glänzten wie spanische Bettelmönche und von ihren Borden den Mädchen, die ehrpusselig vorübergingen, zuzublinzeln schienen, wenn diese verstohlen nach dem über der Türe hängenden Mistelzweig hinschauten. Da gab es duftende Pyramiden hoch aufgeschichteter Birnen und Äpfel zu sehen, Bündel von Trauben, die der wohlwollende Kaufmann recht in die Augen fallend aufgehängt hatte, dass sie dem Vorübergehenden das Wasser im Munde zusammenzogen, Haufen von Haselnüssen, moosig und braun, die mit ihrem Duft an verflossene Waldspaziergänge durch knöcheltiefes, raschelndes Laub erinnerten; da gab es feiste bräunliche Apfelschnitze aus Norfolk, von denen das leuchtende Gelb der Orangen und Zitronen abstach, die mit ihren saftigen Formen dringend darum baten, in Papiertüten nach Hause getragen und zum Nachtisch verspeist zu werden.

Selbst die Gold- und Silberfische, die in einem Glas zwischen erlesenen Früchten ausgestellt waren, selbst diese Angehörigen einer stumpfen, kaltblütigen Art schienen zu merken, dass etwas Besonderes los war, und schwammen schnappend in träger, leidenschaftsloser Bewegtheit immer rund um ihre kleine Welt herum.

Und erst die Gewürzläden! Oh, diese Gewürzläden! Sie waren beinahe geschlossen, ein oder zwei Fensterläden waren vorgelegt, aber was konnte man durch die Ritzen alles erspähen! Nicht nur, dass die auf den Ladentisch aufstoßenden Waagschalen einen fröhlichen Klang gaben oder dass der Bindfaden so rasch von seiner Rolle schnurrte und die Blechbüchsen wie durch Zaubertricks auf- und abflogen oder auch, dass die vermischten Düfte von Tee und Kaffee so angenehm in die Nase drangen, oder dass die Rosinen in so seltener Fülle dalagen, die Mandeln so ausnehmend weiß, die Zimtstengel so lang und schlank waren, die übrigen Gewürze so köstlich dufteten, die kandierten Früchte so lecker mit geschmolzenem Zucker überkrustet waren, dass der kaltblütigste Betrachter sich schwach und gleich darauf magenkrank werden fühlte; nicht nur, dass die Feigen so saftig und fleischig waren, oder dass die französischen Pflaumen in ihrer herben Süße aus ihren reichdekorierten Büchsen so schüchtern hervorschauten, oder dass all dies so appetitlich und weihnachtlich geschmückt dalag – auch die Käufer waren alle von der hoffnungsfrohen Erwartung des Tages erfüllt, so voller Eile und Eifer, dass sie in den Türen gegeneinanderrannten, mit ihren Weidenkörben einander anstießen und ihre Einkäufe auf dem Ladentisch liegen ließen und zurückliefen, um sie zu holen, und hundert ähnliche Unachtsamkeiten in bester Laune begingen; während der Gewürzkrämer und seine Leute so frisch und vergnügt waren, dass die blanken Messingherzen, die hinten ihre Schürzen zusammenhielten, ihre eigenen hätten sein können, zur allgemeinen Besichtigung und für die Weihnachtsdohlen dargeboten, die dran picken mochten, wenn sie Lust dazu verspürten.

Aber bald riefen die Glocken alle guten Leute zu Kirchen und Kapellen – und sie kamen in Scharen herbeigeströmt durch die Straßen in ihren besten Kleidern und mit ihren fröhlichsten Gesichtern. Und zu gleicher Zeit tauchten aus allen Nebenstraßen, aus Gässchen und namenlosen Winkeln unzählige Leute auf, die ihre Weihnachtsgerichte zum Bäcker brachten. Der Anblick dieser armen Schwelger schien den Geist sehr zu interessieren, denn er stellte sich, mit Scrooge zur Seite, in den Torweg einer Backstube, und wenn die Träger vorbeikamen, lüftete er den Deckel der Pfannen und sprengte ein paar Tropfen Weihrauch von seiner Fackel über die Gerichte. Es musste eine ganz ungewöhnliche Art von Fackel sein, denn ein- oder zweimal, als es böse Worte gab zwischen einigen der Träger, die einander angestoßen hatten, sprengte er ein paar Tropfen von ihr über sie hin, und sofort war die gute Laune wiederhergestellt. Denn sie sagten, es wäre eine Schande, sich am Weihnachtstag zu streiten. Und da hatten sie recht, denn weiß Gott, das wäre es auch!

Mit der Zeit verstummten die Glocken, und die Backstuben wurden geschlossen; doch zeichneten sich, wie freundliche Schattenbilder all der gar werdenden Gerichte, dunkle tauende Flecken auf dem Pflaster über jedem Backofen ab, wo die Steine dampften, als sollten auch sie mitgekocht werden.

»Liegt in dem, was du von deiner Fackel versprengst, eine besondere Würze?«, fragte Scrooge.

»Allerdings, meine eigene.«

»Wird sie denn jeder Mahlzeit heute zuteil?«, fragte Scrooge.

»Einer jeden, die gerne gegeben wird. Einer ärmlichen zumal.«

»Warum einer ärmlichen zumal?«

»Weil die ihrer am meisten bedarf.«

»Geist«, sagte Scrooge nach einem Augenblick des Nachdenkens, »ich wundere mich, dass von allen Wesen in der weiten Welt gerade du den Menschen die Gelegenheit zu unschuldiger Freude zu beschneiden und einzuengen wünschst.«

»Ich?«, rief der Geist aus.

»Du möchtest ihnen an jedem siebenten Tag die Möglichkeit zu einer guten Abendmahlzeit nehmen, an diesem einzigen Tag, da für die meisten von einer richtigen Mahlzeit überhaupt die Rede sein kann.«

»Ich?«, rief der Geist.

»Du willst doch diese Orte an jedem siebenten Tage schließen, und darauf läuft das dann hinaus.«

»Ich sollte das wollen?«, rief der Geist.

»Vergib mir, wenn ich unrecht habe. Doch es ist in deinem Namen geschehen oder doch in dem deiner Familie«, sagte Scrooge.

»Es gibt auf Erden einige unter euch«, entgegnete der Geist, »die den Anspruch erheben, uns zu kennen, und die Taten ihres Stolzes, ihrer Leidenschaften, ihrer Böswilligkeit, ihres Hasses, Neides, ihrer Selbstsucht und Engherzigkeit in unserm Namen begehen und die uns und unsresgleichen doch so fremd sind, als hätten sie nie gelebt. Bedenke das, und leg ihre Taten ihnen zur Last, nicht uns.«

Scrooge versprach dies, und sie gingen, unsichtbar wie sie bisher gewesen, weiter in die Vorstädte hinaus. Eine besondere Eigenschaft des Geistes, die Scrooge schon bei der Backstube bemerkt hatte, war, dass er, trotz seiner riesenhaften Größe, mit Leichtigkeit jedem Ort sich anzupassen vermochte und unter einem niedrigen Dach genauso voller Anmut und als übernatürliches Geschöpf dastand, wie er es in einer hohen Halle nicht anders hätte tun können.

Vielleicht war es das Vergnügen, das der gute Geist daran fand, diese seine Fähigkeit zu zeigen, oder seine freundliche, großmütige, herzliche Art und sein Mitgefühl für alle Armen, das ihn geradewegs zu Scrooges Buchhalter führte – denn dorthin nahm er Scrooge, der sich an seinem Kleide festhielt, mit; und auf der Türschwelle lächelte der Geist und blieb stehen, um Bob Cratchits Wohnstatt mit dem Sprühen seiner Fackel zu segnen. Denkt nur, Bob bekam selbst nur fünfzehn Bobs die Woche, nur fünfzehn seiner Namensvettern steckte er am Samstag in die Tasche; und doch segnete der Geist der heurigen Weihnacht sein Haus, das ganze vier Räume hatte.

Und dann tauchte Mrs. Cratchit auf, recht bescheiden gekleidet in ein schon zweimal gewendetes Kleid, doch ganz prächtig mit Bändern geziert, die wohlfeil waren und für sechs Pence etwas herzeigten; und sie legte das Tischtuch auf mit Hilfe Belindas, ihrer zweiten, ebenfalls prächtig bebänderten Tochter, während Master Peter Cratchit mit einer Gabel im Kartoffeltopf herumstocherte; und wenn ihm dabei die Ecken seines ungeheuren Kragens (Bobs Privateigentum, zur Feier des Tages dem Sohn und Erben überlassen) in den Mund gerieten, so war er doch entzückt, sich so elegant zu finden, und verlangte danach, sich in den vornehmen Parks von London zu zeigen. Und nun kamen zwei jüngere Cratchits, Bub und Mädel, hereingesprungen und schrien, dass sie vor der Backstube die Gans gerochen und als die ihrige erkannt hätten; und tanzten nun, während sie in herrlichen Vorstellungen von Salbei- und Zwiebelfülle schwelgten, rund um den Tisch und hoben Master Cratchit in den Himmel, während er nicht zu stolz war (obschon sein Kragen ihn fast erstickte), ins Feuer zu blasen, bis die langweiligen Kartoffeln aufwallten und laut an den Deckel klopften, um herausgeholt und geschält zu werden.

»Was nur mit eurem guten Vater los ist«, sagte Mrs. Cratchit, »und eurem Bruder, dem kleinen Tim; und Martha war letzte Weihnachten schon eine halbe Stunde früher hier.«

»Martha ist hier, Mutter!«, sagte ein Mädchen, das mit diesen Worten eintrat.

»Da ist ja Martha, Mutter!«, schrien die beiden kleinen Cratchits. »Hurra, Martha! Es gibt eine Gans! So eine Gans!«

»Gott segne dich, mein liebes Kind, wie spät du aber dran bist!«, sagte Mrs. Cratchit und küsste sie ein Dutzend Mal und nahm ihr mit geschäftigem Eifer Schal und Hut ab.

»Wir hatten eine Menge Sachen fertig zu machen letzte Nacht«, antwortete das Mädchen, »und mussten heute Morgen aufräumen, Mutter.«

»Nun, das macht nichts, jetzt bist du ja da!«, sagte Mrs. Cratchit. »Setz dich ans Feuer, mein Liebes, und wärm dich!«

»Nein, nein, da kommt Vater«, schrien die beiden kleinen Cratchits, die überall zugleich waren. »Versteck dich, Martha, versteck dich!« So also versteckte sich Martha, als der Vater eintrat, der kleine Bob, von dem der Schal drei Fuß lang (abgesehen von den Fransen) herunterhing, und sein abgetragener Anzug war feiertäglich gebürstet und gestopft, und der kleine Tim saß auf seiner Schulter. Ach, armer kleiner Tim, er trug eine kleine Krücke, und seine Glieder steckten in Eisenschienen.

»Nanu, wo ist denn unsere Martha?«, rief Bob und schaute sich um.

»Kommt nicht«, sagte Mrs. Cratchit.

»Sie kommt nicht!«, und Bob verlor mit einmal seine gute Laune, er war nämlich den ganzen Weg von der Kirche her Tims Vollblutpferd gewesen und ganz ausgelassen zu Hause angelangt. »Kommt zu Weihnachten nicht nach Hause!«

Martha mochte ihn nicht so enttäuscht sehen, und wenn es auch nur zum Scherz war; so kam sie vorzeitig hinter dem Schrank hervor und flog in seine Arme, während die jungen Cratchits den kleinen Tim packten und ins Waschhaus trugen, damit er den Pudding in seinem Kupferkessel singen höre.

»Und wie hat unser kleiner Tim sich denn benommen?«, fragte Mrs. Cratchit, nachdem sie Bob wegen seiner Leichtgläubigkeit geneckt und er seine Tochter nach Herzenslust liebkost hatte.

»Er ist ein Goldjunge«, sagte Bob, »und mehr als das. Er wird recht nachdenklich, weil er so viel allein ist, und kommt auf die seltsamsten Einfälle, die man je gehört hat. Auf dem Nachhauseweg sagte er mir, er hoffe, dass recht viele Leute ihn in der Kirche gesehen hätten, weil er doch eine Krücke habe und sie vielleicht froh würden, wenn sie sich zu Weihnachten daran erinnerten, wer lahme Bettler gehen und Blinde sehend gemacht habe.«

Bobs Stimme bebte, als er ihnen dies sagte, und bebte noch mehr, als er hinzufügte, der kleine Tim würde gesünder und kräftiger werden.

Man hörte seine flinke kleine Krücke auf dem Fußboden, und bevor noch ein Wort gesprochen wurde, kam der kleine Tim herein, von Bruder und Schwester an den Kamin hingeleitet; und während Bob seine Manschetten aufkrempelte, als ob, armer Kerl, sie überhaupt noch schäbiger werden könnten, und in einem heißen Kessel ein Getränk mit Gin und Zitrone zusammenbraute und es zum Sieden übers Feuer hing, gingen Master Cratchit und die überall zu findenden jungen Cratchits, die Gans zu holen, mit der sie alsbald in feierlicher Prozession zurückkehrten.

Jetzt gab es einen derartigen Aufruhr, dass man hätte meinen können, eine Gans wäre der seltenste aller Vögel, ein gefiedertes Wunder, mit dem verglichen ein schwarzer Schwan etwas Alltägliches war; und tatsächlich, für dies Haus stimmte das ja auch. Mrs. Cratchit machte die Bratentunke, schon im Voraus in einer kleinen Pfanne zubereitet, nun kochend heiß, Master Peter zerstampfte die Kartoffeln mit unglaublichem Kraftaufwand, Miss Belinda süßte die Apfelsoße, Martha polierte die angewärmten Teller nach, Bob setzte den kleinen Tim neben sich an eine Ecke des Tisches, die jungen Cratchits stellten Stühle für alle auf und vergaßen sich selbst nicht dabei und bezogen ihre Stellung und steckten den Löffel in den Mund, damit sie nicht nach dem Gänsebraten schrien, bevor sie beim Austeilen an die Reihe kamen. Zuletzt wurden die Teller aufgelegt und das Dankgebet gesprochen. Es folgte ihm eine atemlose Pause, als Mrs. Cratchit das Tranchiermesser seiner ganzen Länge nach betrachtete und sich anschickte, es der Gans in die Brust zu stoßen. Als sie es tat und die so heißersehnte Füllung hervorquoll, lief ein Murmeln des

Entzückens rund um den Tisch, und sogar der kleine Tim schlug, angesteckt von den zwei jungen Cratchits, mit dem Griff seines Messers auf den Tisch und schrie hurra!

So eine Gans hatte es noch nie gegeben! Bob sagte, er glaube nicht, dass je solch eine Gans gebraten worden sei. Ihre Zartheit und ihr Geschmack, ihre Größe und ihre Wohlfeilheit waren Gegenstand der allgemeinen Bewunderung. Durch Kartoffelbrei und Apfelsoße gestreckt, ergab sie ein ausreichendes Abendessen für die ganze Familie, und tatsächlich – wie Mrs. Cratchit mit großer Befriedigung feststellte, während sie ein kleines Stückchen Bein auf der Platte betrachtete – hatten sie nicht einmal alles aufgegessen. Und doch hatte ein jeder genug gehabt; und die jüngsten Cratchits im Besondern waren bis an die Ohren in Salbei und Zwiebel getaucht. Doch nun, während Miss Belinda die Teller wechselte, verließ Mrs. Cratchit allein das Zimmer – zu aufgeregt, jemanden in ihrer Nähe zu dulden –, um den Pudding herauszunehmen und auf den Tisch zu bringen.

Stellt euch vor, dass er nicht gar geworden wäre! Oder dass er beim Herausnehmen zerbräche! Oder es wäre jemand über die hintere Hofmauer gestiegen und hätte ihn gestohlen, während sie so vergnügt bei ihrer Gans saßen; eine Vorstellung, bei der die kleinen Cratchits erbleichten. Alles mögliche Schreckliche dachte man sich aus.

Hallo! Eine große Dampfwolke! Der Pudding war aus dem Kupferkessel heraus. Ein Dunst wie am Waschtag! Das war das Tuch! Ein Geruch wie von einem Speisehaus und einem Pastetenbäcker nebendran und einer Wäscherei, zwei Häuser weiter. Das war der Pudding! Eine halbe Minute später trat Mrs. Cratchit erhitzt, aber stolz lächelnd mit dem Pudding ein, der wie eine gefleckte Kanonenkugel aussah, so fest und hart, umlodert von einem halben Viertelquart brennenden Branntweins und mit dem weihnachtlichen Stechpalmzweig obenauf. Ah, ein wundervoller Pudding! Bob Cratchit sagte, und er sagte es in vollem

Ernst, er betrachte ihn als die größte Leistung, die Mrs. Cratchit seit ihrer Heirat vollbracht habe. Nun, wo der Stein ihr vom Herzen war, gestand Mrs. Cratchit, dass sie bezüglich der Mehlmenge ihre Zweifel gehabt habe. Jeder hatte etwas dazu zu sagen, aber niemand sagte oder dachte auch nur, dass es doch ein sehr kleiner Pudding sei für eine so große Familie. Das wäre die reine Ketzerei gewesen. Jeder Cratchit wäre darüber errötet und hätte sich geschämt, solch einen Gedanken in sich zu hegen.

Schließlich war das Abendessen beendet, der Tisch wurde abgeräumt, vor dem Kamin gefegt und das Feuer frisch aufgeschürt. Das Gebräu im Krug wurde gekostet und herrlich befunden, Äpfel und Orangen auf den Tisch gestellt und eine Schaufel voll Kastanien aufs Feuer. Dann rückte die ganze Familie um den Kamin zusammen, Bob nannte es einen Kreis, er meinte einen halben; und an Bobs Ellbogen standen der Familienbesitz an Gläsern, zwei Becher und ein Rahmkännchen ohne Henkel. Doch diese fassten das heiße Getränk ebenso gut, wie goldene Becher es getan hätten; und Bob schenkte es strahlenden Blickes aus, während die Kastanien auf dem Feuer laut platzten und krachten. Dann erhob Bob sein Glas:

»Ein fröhliches Weihnachtsfest uns allen, meine Lieben, Gott segne uns!«

Und die ganze Familie stimmte darin ein.

»Gott segne uns alle miteinander!«, sagte der kleine Tim als Letzter von allen.

Er saß auf seinem kleinen Stuhl ganz dicht neben seinem Vater. Bob hielt seine kleine welke Hand in seiner, als liebe er dieses Kind vor allen und wolle es an seiner Seite halten, aus Furcht, es könne ihm genommen werden.

»Geist«, sagte Scrooge mit einer Anteilnahme, wie er sie nie zuvor empfunden hatte, »sag mir, wird der kleine Tim am Leben bleiben?«

»Ich sehe einen leeren Platz«, erwiderte der Geist, »in der bescheidenen Kaminecke und eine unbenutzte, sorgfältig aufbewahrte Krücke. Wenn die Zukunft diese Schattenbilder nicht ändert – wird das Kind sterben!«

»Nein, oh nein«, sagte Scrooge, »o nein, guter Geist, sag, dass es verschont bleiben wird.«

»Wenn die Zukunft diese Schattenbilder nicht vertreibt, wird kein Geist meiner Art ihm hier wieder begegnen. Und was denn? Wenn er schon sterben soll, so mag er es bald tun und den Überschuss an Menschen vermindern.«

Mit gesenktem Kopf hörte Scrooge den Geist seine eigenen Worte wiederholen, und Reue und Scham überwältigten ihn.

»Mensch«, sagte der Geist, »wenn du ein menschliches Herz in der Brust hast und nicht einen Stein, so lass ab von den ruchlosen Reden, bis du erkannt hast, was Überschuss heißt und wo Überschuss herrscht. Willst du entscheiden, welcher Mensch leben und welcher sterben soll? Vielleicht bist du vor Gottes Augen wertloser und zum rechten Leben untauglicher als Millionen solch armer Kinder gleich diesem. Du lieber Himmel, wenn man anhören muss, wie das Insekt auf dem Blatt verkündet, dass drunten im Staube zu viele seiner hungrigen Brüder leben!«

Scrooge beugte sich dem Tadel des Geistes und senkte zitternd seine Blicke zu Boden. Doch er erhob sie rasch wieder, als er seinen Namen nennen hörte.

»Auf Mr. Scrooge!«, sagte Bob, »es lebe Mr. Scrooge, der Spender dieses Festes!«

»Spender dieses Festes! Na, ich danke!«, rief Mrs. Cratchit. »Ich wünschte, ich hätte ihn hier. Da würde ich ihm meine Meinung als Festtagsschmaus vorsetzen; und ich wünschte ihm einen guten Appetit dazu!«

»Meine Liebe«, sagte Bob, »die Kinder, es ist Weihnachten!«

»Da muss es wirklich schon Weihnachten sein«, sagte sie, »damit man auf die Gesundheit solch eines widerlichen, geizigen, hartherzigen, fühllosen Menschen trinkt, wie dieser Scrooge einer ist; du weißt, dass er das ist, Robert! Niemand weiß es besser als du, armer Kerl!«

»Meine Liebe«, war Bobs milde Antwort, »es ist Weihnachten!«

»Dir zuliebe und weil Weihnachten ist, will ich auf seine Gesundheit trinken, nicht seinetwegen«, sagte Mrs. Cratchit, »ein langes Leben für ihn! Eine frohe Weihnacht und ein glückliches neues Jahr! – Er wird gewiss recht vergnügt und glücklich sein; daran zweifle ich nicht.«

Hernach tranken die Kinder auf sein Wohl. Es war das Erste, was sie nicht von Herzen taten. Der kleine Tim trank als Letzter von allen, aber es war ihm keinen Deut wert. Scrooge war der schwarze Mann der Familie. Die Erwähnung seines Namens warf einen dunklen Schatten über die Geselligkeit, der volle fünf Minuten nicht zu vertreiben war.

Dann, als er vorbeigezogen, wurden sie zehnmal so lustig wie zuvor, aus der bloßen Erleichterung, dass sie den schrecklichen Scrooge nun hinter sich hatten.

Bob Cratchit erzählte, er habe eine Stelle für Master Peter in Aussicht, die ihm wöchentlich, wenn er sie bekäme, fünf und einen halben Schilling einbringen würde. Die beiden jüngsten Cratchits lachten unbändig bei der Vorstellung, dass Peter ein Geschäftsmann sein solle, und Peter blickte aus seinem Kragen hervor nachdenklich ins Feuer, als ob er überlege, welche Art der Geldanlage er bevorzugen würde, wenn er in den Besitz dieses überwältigenden Einkommens käme.

Dann erzählte Martha, die als kleines Lehrmädchen bei einer Putzmacherin war, was sie dort zu tun und wie viele Stunden sie in einem Zug zu arbeiten habe, und sagte, dass sie morgen früh lang ausschlafen wolle, denn morgen am Feiertag blieb sie ja daheim. Und dann erzählte sie, dass sie vor ein paar Tagen eine Gräfin und einen Lord gesehen habe, und wie der Lord ›beinahe genauso groß wie Peter war‹; wobei dann Peter seinen Kragen so hoch hinaufzog, dass ihr sein Gesicht nicht hättet sehen können, auch wenn ihr dort gewesen wäret. Die ganze Zeit über gingen die Kastanien und der Krug rundum, und hernach, da gab's ein

Lied von einem Kind, das sich im Schnee verlaufen hatte – es sang es der kleine Tim mit leise klagender Stimme, und er sang es wirklich sehr hübsch.

An all diesem war gar nichts Großartiges dran, sie waren keine vornehme Familie, sie waren nicht gut angezogen, ihre Schuhe waren weit davon entfernt, wasserdicht zu sein, ihre Kleider waren abgetragen, und Peter mochte – und wahrscheinlich hatte er es getan – das Innere eines Leihhauses kennengelernt haben. Aber sie waren glücklich und dankbar, sie freuten sich einer am andern und waren zufrieden mit der Zeit; und als sie dahinschwanden und beim hellen Sprühen von des Geistes Fackel noch glücklicher aussahen, da blickte Scrooge unverwandt nach ihnen hin, besonders aber und bis zuletzt nach dem kleinen Tim.

Mittlerweile war es dunkel geworden, und es schneite heftig in schweren Flocken, und als Scrooge und der Geist durch die Straßen gingen, da war das Leuchten der prasselnden Feuer in den Küchen und Wohnzimmern und andern Räumen ganz wunderbar anzusehen. Hier zeigte das Flackern der Flamme die Vorbereitungen zu einem gemütlichen Abendessen, mit Schüsseln, die am Feuer durch und durch buken; dunkelrote Vorhänge warteten darauf, zugezogen zu werden, um Kälte und Dunkelheit auszuschließen. Dort rannten alle Kinder des Hauses hinaus in den Schnee ihren verheirateten Schwestern und Brüdern, ihren Vettern, Onkeln und Tanten entgegen, um sie als Erste zu begrüßen. Hier wiederum fielen die Schatten sich versammelnder Gäste auf die heruntergelassenen Jalousien; dort trippelte eine Schar hübscher Mädchen, alle in Kapuzen und Pelzstiefeln, schwatzend, und alle auf einmal, leichtfüßig hinüber zu einem nachbarlichen Haus – und wehe dem Junggesellen, der sie erglühend eintreten sah, die listigen Hexen – oh, sie wussten das ganz genau.

Aber wenn ihr nach der Menge der Leute geurteilt hättet, die zu freundschaftlichen Zusammenkünften unterwegs waren, so hättet ihr gemeint, dass keiner zu Hause gewesen wäre, um sie willkommen zu heißen. Doch stattdessen erwartete man in jedem Hause Gäste und schichtete die Feuer hoch bis zum halben Schornstein hinauf; Gottes Segen über sie! Wie der Geist sich da freute und seine breite Brust entblößte und seine machtvolle Hand öffnete und im Vorübergehen freigebig seine harmlose, strahlende Freude versprühte auf alles, was in Reichweite kam. Sogar der Lampenanzünder, der vor ihnen her die dunklen Straßen mit Lichtpünktchen tüpfelte und der schon festlich gekleidet war für den Abend, lachte laut, als der Geist vorbeikam, obwohl der Laternenanzünder ja gar nicht wusste, dass er einen andern Begleiter noch hatte als den Weihnachtsabend.

Und nun, ohne ein warnendes Wort vonseiten des Geistes, befanden sie sich auf einer öden, verlassenen Heide, auf der große Steinblöcke herumlagen, als wäre es ein Begräbnisplatz von Riesen, und überall, wo es nur mochte, quoll Wasser hervor oder hätte es doch gerne getan, hätte nicht der Frost es im Bann gehalten, und nichts wuchs dort als Moos und Ginster und gewöhnliches saures Gras. Tief im Westen hatte die untergehende Sonne einen Streifen von feurigem Rot hinterlassen, der eben noch über diese Öde hinleuchtete, gleich einem Auge, das immer finsterer und finsterer wurde und sich schließlich in der undurchdringlichen Dunkelheit der schwärzesten Nacht verlor.

»Was für ein Ort ist dies?«, fragte Scrooge.

»Ein Ort, wo Bergleute leben, die in den Eingeweiden der Erde arbeiten«, entgegnete der Geist, »doch sie kennen mich, schau her!«

Ein Licht schien aus dem Fenster einer Hütte, und sie schwebten rasch darauf zu. Sie durchdrangen die Mauer aus Steinen und Lehm und fanden eine fröhliche Gesellschaft um ein glühendes Feuer versammelt; zwei uralte Eheleutchen mit ihren Kindern und den Kindern ihrer Kinder und noch einer folgenden Generation, alle angetan mit ihren bunten Festtagskleidern. Der alte Mann sang ein Weihnachtslied mit einer Stimme, die nur selten das Heulen des Windes auf dieser öden Hochfläche übertönte. Das Lied war schon alt gewesen, als er noch ein Knabe war; und von Zeit zu Zeit stimmten alle im Chor mit ein. Sobald ihre Stimmen sich erhoben, wurde der Gesang des alten Mannes munterer und lauter, wenn sie verstummten, sank er in sich zusammen und verlor an Kraft.

Hier verweilte der Geist nicht lange, sondern hieß Scrooge sich an seinem Gewand festhalten, und dann schwebten sie über das Moor geschwind – und wohin? Doch nicht auf die See? Ja, auf die See zu. Mit Entsetzen sah Scrooge, als er zurückblickte, das letzte Stückchen Land, eine gezackte Felskette, weit hinter sich, und seine Ohren wurden fast taub vom Donner der Brandung, die in die schrecklichen Höhlen, die sie ausgewaschen hatte, mit rasendem Gebrüll eindrang und das Land zu untergraben suchte. Etwa eine Meile weit von der Küste, auf einem öden Riff, dem letzten Rest versunkener Felsen, an dem die Wasser das ganze Jahr hindurch stürmten und tobten, stand ein einsamer Leuchtturm. Große Haufen von Seetang hingen an seinen Grundmauern, und Sturmmöwen – vom Winde geboren, könnte man meinen, wie Seetang vom Wasser – stiegen auf und nieder an ihm wie die Wogen, über die sie hinwegflogen.

Aber selbst hier hatten die beiden Männer, die das Licht betreuten, ein Feuer entzündet, das durch die Bullaugen in den dicken Steinmauern einen Strahl von Helligkeit hinaussandte auf die fürchterliche See. Die Männer reichten einander ihre schwieligen Hände über den rohen Tisch hinweg, an dem sie bei einer Kanne Grog saßen, und wünschten einander Fröhliche Weihnachten; und der eine von ihnen, auch noch der ältere, dessen Gesicht von harten Wettern gegerbt und zerfurcht war wie die Galionsfigur eines alten Schiffes, stimmte ein raues Lied an, das wie das Heulen des Windes klang.

Und wieder machte sich der Geist auf, weiter über die dunkle, rollende See, weit fort, bis sie fern jeder Küste, wie er Scrooge sagte, sich auf einem Schiff niederließen. Sie standen neben dem Steuermann am Ruder, neben dem Ausguck im Bug, neben den wachhabenden Offizieren, dunklen gespenstischen Gestalten auf ihren verschiedenen Posten; aber jeder dieser Männer summte ein Weihnachtslied oder hatte weihnachtliche Gedanken oder erzählte einem seiner Kameraden von vergangenen Weihnachten, leise und voller Heimweh. Und jeder Mann an Bord, ob er wachte oder schlief, gut oder böse war, hatte an diesem Tag freundlichere Worte gehabt für die andern als an jedem andern Tag des Jahres und hatte irgendwie teil an der Feststimmung und erinnerte sich jener in der Ferne, denen seine Sorge galt, und wusste, dass auch sie in Liebe seiner gedachten.

Es war eine große Überraschung für Scrooge, als er so dem Geheul des Windes lauschend darüber nachsann, welch eine feierliche, ernste Angelegenheit es doch sei, in einsamer Finsternis über unbekannten Abgründen zu schweben, deren Tiefe so geheimnisvoll war wie der Tod; es war eine große Überraschung für Scrooge – sage ich –, während er in diesen Gedanken befangen war, mit einmal ein herzliches Lachen zu vernehmen, und noch mehr überraschte es ihn, dies Lachen als das seines eigenen Neffen zu erkennen und sich in einem hellen, trockenen, behaglichen Zimmer zu finden, mit dem Geist an seiner Seite, der auf ebendiesen Neffen mit wohlwollendem Lächeln herniederblickte.

»Haha«, lachte Scrooges Neffe, »ha ha ha!«

Solltet ihr, durch einen ganz unwahrscheinlichen Zufall, jemand kennen, der mit einem herrlicheren Lachen gesegnet wäre als Scrooges Neffe, so kann ich euch nur sagen, den möchte ich auch kennenlernen. Stellt ihn mir vor, und ich will seine Bekanntschaft pflegen.

Es ist ein gerechter und nobler Ausgleich, dass – da Krankheit und Kummer ansteckend sind – doch nichts in der Welt so unwiderstehlich wirkt wie Lachen und gute Laune. Wenn Scrooges Neffe in dieser Weise lachte, sich die Seiten hielt, den Kopf schüttelte und die seltsamsten Grimassen schnitt, dann musste

Scrooges angeheiratete Nichte ebenso herzlich lachen wie er. Und die versammelten Freunde standen ihnen nicht nach und platzten vergnügt heraus.

»Ha, ha! ha ha ha ha!«

»Er sagte, Weihnachten sei ein Unsinn! Er sagte es wirklich!«, rief Scrooges Neffe. »Und er glaubte es auch noch!«

»Umso schlimmer für ihn, Fred!«, sagte Scrooges Nichte entrüstet.

Sie war sehr hübsch, außerordentlich hübsch sogar, mit einem reizenden, erstaunt in die Welt blickenden Gesicht voller Grübchen, einem schwellenden kleinen Mund, der wie zum Küssen geschaffen schien, wozu er zweifellos auch diente. Lachte sie, so spielten all die hübschen Grübchen um ihr Kinn ineinander, und sie hatte das sonnigste Augenpaar von der Welt, das je bei einem so zierlichen Geschöpf gefunden wurde. Alles in allem war sie ganz das, was man aufregend hätte nennen können, wisst ihr; aber sie hatte auch etwas durchaus Beruhigendes. Oh, vollkommen Beruhigendes.

»Er ist ein komischer alter Knabe«, sagte Scrooges Neffe, »das stimmt schon, und durchaus nicht so angenehm, wie er sein könnte. Indessen bestrafen seine Schrullen sich ja von selbst, und ich habe nichts gegen ihn vorzubringen.«

»Ich glaube, er ist sehr reich«, bemerkte Scrooges Nichte, »wenigstens sagst du mir das immer.«

»Nun, und wenn schon, meine Liebe«, meinte Scrooges Neffe, »von seinem Reichtum hat er gar nichts. Er tut nichts Gutes damit, sich selbst gönnt er keine Bequemlichkeit. Und er hat nicht einmal die Genugtuung, dran zu denken, dass er – ha, ha, ha – uns am Ende einmal damit beglücken wird!«

»Ich habe keine Nachsicht mit ihm«, sagte Scrooges Nichte, und ihre Schwestern und all die andern Damen äußerten die gleiche Meinung.

»Oh, ich schon«, sagte Scrooges Neffe, »ich könnte ihm nicht böse sein, selbst wenn ich es wollte. Wer leidet denn bei seinen üblen Launen? Er selbst! Immer er selbst! Er hat es sich in den Kopf gesetzt, uns nicht zu mögen, und darum wollte er nicht zu uns zum Abendessen kommen. Nun und? Allzu viel verliert er ja schließlich nicht an einem Essen!«

»Nun, ich glaube doch, dass er ein sehr gutes Essen versäumt hat!«, unterbrach ihn Scrooges Nichte, und alle stimmten ihr bei, und wir müssen sie schon als sachverständige Richter gelten lassen, denn sie hatten das Abendessen gerade beendet und saßen mit dem Nachtisch beim Lampenschein um den Kamin geschart.

»Nun, das freut mich zu hören«, sagte Scrooges Neffe, »denn ich setzte kein allzu großes Vertrauen in diese jungen Hausfrauen. Was meinst du, Topper?«

Topper hatte offensichtlich auf eine der Schwestern von Scrooges Nichte ein Auge geworfen, so erwiderte er nur, so ein Junggeselle sei ein armer ausgestoßener Wicht, der kein Recht habe, eine Meinung zu äußern. Die Schwester von Scrooges Nichte errötete, die rundliche mit dem Spitzenkragen, nicht die mit den Rosen.

»Nun, so fahr doch fort, Fred«, sagte Scrooges Nichte in die Hände klatschend. »Nie bringt er zu Ende, was er erzählen will, solch ein komischer Kerl ist das!«

Scrooges Neffe erging sich in einem erneuten Gelächter, und da es unmöglich war, der Ansteckung zu entgehen, obwohl die rundliche Schwester sogar ihr Riechfläschchen zu Hilfe nahm, riss er schließlich doch alle mit.

»Ich wollte nur sagen«, fuhr Scrooges Neffe fort, »dass er, da er uns nicht mag und nicht mit uns vergnügt sein will, ein paar heitere Stunden versäumt, die ihm, glaube ich, nicht schaden könnten. Ich bin überzeugt, dass er um eine angenehmere Gesellschaft kommt, als er sie in seinen eigenen Gedanken finden kann – ob nun in seinem muffigen Kontor oder in seinen staubigen Zimmern. Ich will ihm jedes Jahr die gleiche Gelegenheit geben, ob er es nun mag oder nicht, denn er tut mir leid. Er mag über Weihnachten herziehen, bis er stirbt, aber einmal muss er doch besser darüber denken – ich fordere ihn ja dazu heraus, wenn ich Jahr für Jahr in guter Laune zu ihm komme und ihn frage: ›Wie geht es Ihnen, Onkel Scrooge?‹ Und wenn ihn das nur auf den Gedanken bringt, seinem armen Buchhalter fünfzig Pfund zu hinterlassen, so wäre das schon etwas. Und ich glaube wirklich, ich habe ihn gestern etwas aufgerüttelt.«

Nun war die Reihe zu lachen an den andern, bei der Vorstellung, dass er glaube, Scrooge aufgerüttelt zu haben. Doch da der Neffe so gutmütig war und nicht danach fragte, worüber sie lachten – wenn sie nur lachten –, so ermunterte er sie noch in ihrer Ausgelassenheit und ließ die Flasche fröhlich kreisen.

Nach dem Tee machten sie ein wenig Musik. Denn sie waren eine musikalische Familie und wussten, was sie taten, wenn sie ein Terzett oder einen Rundgesang anstimmten, das dürft ihr mir glauben; im Besondern Topper, der den Bass sang wie nur einer, ohne dass ihm die Stirnadern anschwollen oder sein Gesicht rot anlief. Scrooges Nichte spielte die Harfe recht gut, und sie spielte unter andern Melodien eine einfache kleine Weise (ein Nichts beinahe, ihr hättet es in zwei Minuten nachpfeifen können), die auch das Kind gekannt hatte, das Scrooge aus dem Schulhaus abholte, wie es ihm der Geist der vergangenen Weihnachten in Erinnerung gebracht hatte. Als diese Töne erklangen, kam ihm alles in den Sinn, was ihn der Geist hatte sehen lassen, er wurde immer weicher gestimmt und dachte, dass er, wenn er in all den Jahren diesem kleinen Lied öfter hätte lauschen können, die freundlichen Seiten des Lebens zu seinem eigenen Glücke mehr gepflegt und von selbst Gutes getan hätte, ohne dass des Totengräbers Schaufel Jacob Marley erst hätte beerdigen und dieser ihm wiedererscheinen müssen.

Doch sie musizierten nicht den ganzen Abend über. Nach einer Weile begannen sie mit Pfänderspielen, denn es ist gut, zuweilen wie die Kinder zu sein, und niemals besser als in der Weihnachtszeit, da auch ihr machtvoller Stifter ein Kind war.

Halt! Zuerst spielten sie Blindekuh, natürlich. Und ich glaube ebenso wenig, dass Topper wirklich blind war, als ich annehme, dass er Augen an seinen Schuhen hatte. Meiner Meinung nach war es eine abgekartete Sache zwischen ihm und Scrooges Neffen, und auch der Geist der heurigen Weihnacht wusste darum. Die Art, wie Topper dieser rundlichen Schwester mit dem Spitzenkragen nachlief, war ein Hohn auf die menschliche Gutgläubigkeit. Er stieß die Kamingitter um, stolperte über Stühle, rannte gegen das Klavier, verwickelte sich in den Vorhängen – doch wohin sie sich wandte, dorthin ging er auch, als wüsste er, wo die rundliche Schwester war. Niemand andern mochte er fangen. Wenn du, lieber Leser, gegen ihn hingefallen wärest, wie manch einer es tat, so hätte er wohl einen Versuch vorgetäuscht, aber auf eine Art, die geradezu eine Beleidigung eurer Geisteskräfte gewesen wäre; und hätte augenblicklich die Richtung auf die rundliche Schwester wieder aufgenommen. Sie rief immer wieder, dass dies kein ehrliches Spiel sei, und das war es auch wirklich nicht. Doch als er sie schließlich erhaschte und sie, trotz ihres raschelnden Seidenkleides und ihres Vorbeihuschens hinter ihm, in einer Ecke gefangen hatte, aus der kein Entrinnen war, da benahm er sich ihr gegenüber ganz abscheulich. Denn vorzugeben, er kenne sie nicht und müsse ihren Kopfputz betasten und, um sich zu vergewissern, wer sie sei, einen bestimmten Ring an ihrer Hand befühlen und eine Kette an ihrem Halse, das war wirklich ganz ungeheuerlich. Zweifellos sagte sie ihm auch ihre Meinung darüber, während ein anderer die Blindekuh spielte und sie hinter den Vorhängen so vertraulich miteinander sprachen.

Scrooges Nichte spielte Blindekuh nicht mit, sondern saß in einem behaglichen großen Sessel mit einem Schemel unter den Füßen in einer gemütlichen Ecke, wo der Geist und Scrooge hinter ihr standen. Doch bei den Pfänderspielen machte sie wieder mit und »liebte ihren Schatz« durch alle Buchstaben des Alphabets geradezu bewunderungswürdig hindurch. Und ebenso großartig war sie in dem Spiel »Wer, wann, wo?« und stellte zur geheimen Freude von Scrooges Neffen ihre Schwestern durchaus in den Schatten, obwohl diese auch pfiffige Mädchen waren, wie Topper es euch hätte bestätigen können. Es mochten an die zwanzig Leute da sein, junge und alte, doch sie spielten alle, und auch Scrooge tat mit. Denn in dem Eifer, mit dem er an allem teilnahm, was sich ereignete, vergaß er ganz, dass seine Stimme für ihre Ohren keinen Klang hatte, und platzte manchmal laut heraus, und sehr oft hatte er richtig geraten; denn die spitzeste, blankste Nadel, beste Whitechapel-Marke (mit garantiert nicht schneidendem Öhr) war nicht schärfer und spitzfindiger als Scrooge, ja stumpf im Vergleich zu dem, was ihm durch den Kopf ging.

Der Geist war hocherfreut, ihn in diesem Zustand zu sehen, und blickte ihn so wohlwollend an, dass Scrooge wie ein kleiner Junge bettelte, noch bleiben zu dürfen, bis die Gäste aufbrächen. Doch dies, sagte der Geist, könne nicht sein.

»Da, jetzt gibt es ein neues Spiel«, bat Scrooge, »eine halbe Stunde noch, Geist, nur eine halbe!«

Das Spiel hieß »Ja und Nein«, und Scrooges Neffe musste dabei an etwas denken, und die andern mussten herausfinden, was dies war, während er ihre Fragen, je nachdem, mit Ja oder Nein beantwortete. Das lebhafte Kreuzfeuer von Fragen ließ bald erkennen, dass er an ein Tier, ein lebendes Tier, dachte, ein ziemlich unangenehmes, wildes Tier, das zuweilen brummte und grunzte und gelegentlich sprach, es befand sich in London, spazierte durch die Straßen und wurde nicht zur Schau gestellt oder von jemand vorgeführt; es lebte in keiner Menagerie und würde nicht zum Verkauf geschlachtet, und es war kein Pferd, kein Esel, auch keine Kuh oder ein Stier, noch ein Tiger oder Hund, kein Schwein, keine Katze, kein Bär. Bei jeder neuen Frage, die ihm gestellt wurde, brach dieser Neffe aufs Neue in schallendes Gelächter aus und war so außer sich vor Vergnügen, dass er vom Sofa aufspringen und mit den Füßen trampeln musste. Schließlich verfiel die rundliche Schwester in einen ähnlichen Zustand und rief:

»Ich hab's! Ich weiß, was es ist, Fred! Ich weiß es!«

»Und was ist es?«, schrie Fred.

»Es ist dein Onkel *Scroooge*!«

Und das war es! Die Bewunderung für die Schwester war das allgemeine Empfinden, obwohl einige einwandten, es hätte bei der Frage: Ist es ein Bär? »Ja« heißen müssen, da die verneinende Antwort genügt hätte, die Gedanken von Mr. Scrooge abzulenken, wenn sie diese Richtung schon eingeschlagen hätten.

»Er hat uns wirklich eine Menge Spaß gemacht«, sagte Fred, »und es wäre undankbar, nicht auf seine Gesundheit zu trinken. Da ist ja auch gerade ein Glas Glühwein zur Hand, und so erhebe ich es auf Onkel Scrooge!«

»Nun gut, auf Onkel Scrooge! Er soll leben!«, riefen alle.

»Fröhliche Weihnachten und ein glückliches neues Jahr dem alten Mann, wie er auch sein mag!«, sagte Scrooges Neffe. »Er wollte den Glückwunsch von mir nicht annehmen – aber er soll ihn dennoch haben! Es lebe Onkel Scrooge!«

Unmerklich war es Scrooge so froh und leicht ums Herz geworden, dass er der ahnungslosen Gesellschaft Bescheid getan und ihnen in unhörbarer Rede seinen Dank abgestattet hätte, wenn ihm der Geist Zeit dazu gelassen hätte. Doch die ganze Szene verschwand mit dem Hauch des letzten Wortes, das sein Neffe gesprochen, und er war mit dem Geist schon wieder unterwegs.

Weit reisten sie, viel sahen sie und besuchten manch ein Heim, doch immer kam es zu einem glücklichen Ausgang. Der Geist stand Kranken in ihren Betten zur Seite, und sie wurden froh in fremden Ländern, und die Heimat erschien nicht mehr so fern; er stand Menschen bei, die schwer mit ihrem Schicksal rangen, und sie wurden geduldiger und ihre Hoffnung größer; bei Armen, und sie fühlten sich reich. Im Spital, im Gefängnis, im Armenhaus, in jedem Schlupfwinkel des Elends, wo immer der eitle Mensch nicht selbst in seiner kurzfristigen Macht die Türe verschlossen und den Geist ausgesperrt hatte, ließ er seinen Segen zurück und lehrte Scrooge seine Gebote.

Es war eine lange Nacht, wenn es nur eine Nacht war, denn Scrooge hatte seine Zweifel darüber, es schienen die ganzen Weihnachtstage in die Zeit zusammengedrängt, die sie miteinander verbrachten. Ganz seltsam war es auch, dass, während Scrooges äußere Gestalt unverändert blieb, der Geist alterte, ja ganz deutlich älter wurde. Scrooge hatte diese Veränderung wahrgenommen, aber nicht darüber gesprochen, bis er, nachdem sie ein Kinderweihnachtsfest verlassen hatten und auf einem freien Platz standen, entdeckte, dass das Haar des Geistes grau war.

»Währt das Leben der Geister so kurz?«, fragte Scrooge. »Auf Erden hier ist mein Leben sehr kurz«, erwiderte der Geist, »es endet heute Nacht.«

»Heute Nacht!«, rief Scrooge.

»Heute um Mitternacht, horch! Die Zeit rückt heran!«

In diesem Augenblick schlug die Glocke drei Viertel zwölf.

»Vergib mir, wenn ich etwas frage, wozu ich vielleicht nicht berechtigt bin«, sagte Scrooge, während er mit gespannten Blicken das Gewand des Geistes betrachtete, »aber ich sehe etwas Sonderbares, nicht dir Zugehöriges unter deinem Rocksaum hervorschauen. Ist es ein Fuß oder eine Klaue?«

»Es könnte eine Klaue sein, nach dem wenigen Fleisch zu urteilen, das dran ist«, war des Geistes kummervolle Antwort. »Schau her!«

Aus den Falten seines Gewandes brachte er zwei Kinder zum Vorschein, erbärmliche, elende, schreckliche, armselige Geschöpfe. Sie knieten zu seinen Füßen nieder und klammerten sich an die Falten seines Kleides.

»Oh, Mensch, schau her! schau her! schau her!«, rief der Geist.

Es war ein Knabe und ein Mädchen, gelb, mager, zerlumpt,

finster und gierig blickend, aber auch hinfällig in ihrer Erniedrigung. Wo ihre Züge die frischen Farben und die blühende Fülle der Jugend hätten tragen sollen, da hatte eine harte, dünne Hand, gleich der des Alters, sie zusammengekniffen, verzerrt und zerrissen. Wo Engel hätten thronen sollen, da lauerten Teufel mit drohenden Mienen. Keine Veränderung, keine Erniedrigung, keine Entartung der Natur, in welcher Form sie auch in all den Geheimnissen der wunderbaren Schöpfung vorkommen mag, hat halb so fürchterliche und grauenhafte Ungeheuer hervorgebracht.

Entsetzt fuhr Scrooge zurück. Zuerst, als sie ihm gezeigt wurden, war er versucht zu sagen, es seien hübsche Kinder, aber die Worte erstickten einander von selbst, um nicht teilzuhaben an einer so ungeheuerlichen Lüge.

»Geist, sind das deine Kinder?«, mehr konnte Scrooge nicht sagen.

»Es sind der Menschheit Kinder«, erwiderte der Geist und blickte auf sie nieder, »und sie klammern sich an mich und klagen ihre Eltern an. Dieser Knabe ist die Unwissenheit. Dieses Mädchen die Not. Hüte dich vor beiden und vor ihresgleichen, doch am allermeisten hüte dich vor dem Knaben, denn auf seiner Stirne steht geschrieben, was einst Verderbnis heißt, wenn dies Zeichen nicht wieder ausgelöscht wird. Leugnet es!«, rief der Geist aus und streckte seine Hand gegen die Stadt aus, »schmäht die, die euch dies sagen! Lasst es zu um eurer eigenständigen Zwecke wegen, und machet es noch schlimmer! Und dann wartet das Ende ab!«

»Gibt es keine Hilfe und keine Zuflucht für sie?«, rief Scrooge.

»Gibt es denn keine Gefängnisse?«, fragte der Geist, indem er sich zum letzten Mal mit Scrooges eigenen Worten an ihn wandte, »gibt es keine Arbeitshäuser?«

Da schlug die Glocke zwölf!

Scrooge blickte sich nach dem Geist um und erblickte ihn nicht mehr. Als der letzte Glockenschlag verklungen war, erinnerte er sich der Vorhersage des alten Jacob Marley, und als er seine Augen aufhob, da sah er, langsam wie ein Nebel über einen Talgrund herzieht, eine verhüllte Erscheinung mit düsterer Feierlichkeit auf sich zukommen.

Vierte Strophe

Der letzte der Geister

Langsam, ernst und schweigend kam die Erscheinung heran. Als sie Scrooge nahe kam, beugte er sein Knie; denn schon durch die Luft, die der Geist durchschwebte, schien er ein geheimnisvolles Grauen zu verbreiten.

Er war eingehüllt in ein tiefschwarzes Gewand, das Kopf, Gesicht und Gestalt verbarg und nichts sichtbar ließ als eine ausgestreckte Hand. Ohne diese wäre es schwierig gewesen, die Gestalt bei Nacht wahrzunehmen und von der Dunkelheit zu unterscheiden, die sie umgab.

Als die Erscheinung ihm zur Seite trat, spürte er, dass sie groß und stattlich war; und ihre geheimnisvolle Gegenwart erfüllte ihn mit einem feierlichen Schauer. Mehr wusste er nicht, denn der Geist sprach nicht, noch bewegte er sich.

»Habe ich den Geist der künftigen Weihnacht vor mir?«, fragte Scrooge.

Der Geist gab keine Antwort, doch seine Hand wies geradeaus.

»Du willst mir Schatten von Geschehnissen zeigen, die sich noch nicht ereignet haben, die in künftigen Zeiten aber eintreten werden«, fuhr Scrooge fort, »verhält es sich so, Geist?«

Einen Augenblick lang legte sich der obere Teil des Gewandes in Falten, als habe der Geist sein Haupt geneigt. Das war die einzige Antwort, die Scrooge erhielt.

Obschon allmählich gewöhnt an den Umgang mit Geistern, empfand Scrooge vor dieser schweigenden Gestalt doch so viel Angst, dass seine Beine unter ihm zitterten und er sich kaum aufrecht halten konnte, als er sich anschickte ihr zu folgen. Der Geist hielt einen Augenblick inne, als merke er seinen Zustand und wolle ihm Zeit geben, sich zu fassen.

Doch Scrooge wurde nur noch elender zumute. Ein unbestimmtes, unfassbares Grauen durchschauerte ihn bei dem Bewusstsein, dass hinter dieser düstern Hülle ein geisterhaftes Augenpaar auf ihn geheftet war, während er, obwohl er sich so sehr bemühte, nichts sehen konnte als eine geisterhafte Hand und einen großen schwarzen Schatten.

»Geist der Zukunft«, rief er aus, »dich fürchte ich mehr als jedes andere Gespenst, das ich gesehen habe. Aber da ich weiß, dass du die Absicht hast, mir Gutes zu tun, und da ich hoffe, als ein anderer Mensch weiterzuleben, als der ich war, bin ich willens, mit dir zu gehen, und tue es dankbaren Herzens. Willst du nicht zu mir sprechen?«

Er gab ihm keine Antwort. Die Hand wies geradeaus.

»Geh voran! Führe mich!«, sagte Scrooge. »Die Nacht vergeht schnell, und ich weiß, die Zeit ist kostbar für mich. Führe mich, Geist!«

Das Gespenst entfernte sich, wie es auf ihn zugekommen war. Scrooge folgte ihm im Schatten seines Gewandes, der ihn, wie er vermeinte, emporhob und forttrug.

Es war nicht eigentlich so, als ob sie die Stadt betraten, vielmehr schien diese rings um sie aufzuwachsen und sie ihrerseits zu umgeben. Doch jedenfalls waren sie dort, mittendrin in ihrem Herzen, auf der Börse inmitten von Kaufleuten, die hin und her eilten und mit dem Geld in ihren Taschen klimperten, in Gruppen sich unterhielten, dastanden und auf ihre Uhren schauten und gedankenvoll an ihren großen goldenen Petschaften herumfingerten und so fort, wie Scrooge es oft gesehen hatte.

Der Geist blieb bei einer kleinen Gruppe von Geschäftsleuten stehen. Da er bemerkte, dass die Hand auf sie deutete, näherte sich Scrooge, um ihrem Gespräch zu lauschen.

»Nein«, sagte ein großer, fetter Mann mit einem riesigen Kinn, »ich weiß nicht mehr darüber. Ich weiß nur, dass er tot ist.«

»Wann starb er denn?«, fragte ein anderer.

»Letzte Nacht, glaube ich.«

»So, was war denn los mit ihm?«, fragte ein Dritter und nahm eine enorme Prise Schnupftabak aus einer riesigen Dose. »Ich dachte, der würde niemals sterben.«

»Weiß der Himmel«, sagte der erste gähnend.

»Was hat er mit seinem Geld angefangen?«, fragte ein Herr mit einem roten Gesicht und einem Auswuchs an der Nasenspitze, der wie das Bartläppchen eines Truthahns wackelte.

»Habe nichts darüber gehört«, sagte der Mann mit dem großen Kinn und gähnte wiederum, »hat es vielleicht seiner Gesellschaft hinterlassen. Mir hat er es nicht vererbt. Das ist alles, was ich weiß.«

Dieser Witz wurde mit allgemeinem Gelächter aufgenommen.

»Das wird wohl ein sehr billiges Begräbnis werden«, sagte der gleiche Sprecher, »denn so wahr ich lebe, ich kenne niemand, der daran teilnimmt. Wie wär's, wenn wir uns zusammentäten und freiwillig mitgingen?«

»Wenn es ein anständiges Frühstück gibt hinterher, so macht es mir nichts aus mitzugehen«, bemerkte der Herr mit dem Auswuchs an der Nase, »aber ich muss gefüttert werden, wenn ich mithalten soll.«

Wiederum Gelächter.

»Na, ich bin schließlich noch der Uneigennützigste von euch allen«, meinte der, der zuerst gesprochen hatte, »denn ich trage niemals schwarze Handschuhe und nehme nie ein zweites Frühstück; aber ich will mitgehen, wenn sonst noch jemand mitgeht. Wenn ich es recht bedenke, so bin ich gar nicht so sicher, ob ich nicht am Ende sein bester Freund war; denn wir pflegten stehen zu bleiben und miteinander zu sprechen, sooft wir uns trafen. Auf Wiedersehen!«

Sprecher und Zuhörer trennten sich und mischten sich unter andere Gruppen. Scrooge kannte die Leute und blickte den Geist, eine Erklärung suchend, an.

Das Gespenst glitt weiter in eine Straße. Sein Finger deutete auf zwei einander begegnende Personen. Wieder lauschte Scrooge, in der Hoffnung, hier die Erklärung zu finden.

Auch diese beiden kannte er genau. Es waren sehr wohlhabende Geschäftsleute von großem Einfluss. Er hatte es sich stets angelegen sein lassen, hoch in ihrer Achtung zu stehen – in geschäftlicher Hinsicht, in rein geschäftlicher, versteht sich.

»Wie geht's?«, sagte der eine.

»Danke. Und Ihnen?«, erwiderte der andere.

»Gut!«, sagte der erste. »Den alten Geizhals hat's nun endlich doch erwischt, was?«

»Ja, wie ich hörte«, entgegnete der andere. »Kalt heute, was?«

»Weihnachtswetter. Schlittschuhläufer sind Sie wohl keiner, nehme ich an.«

»Nein, nein. Habe anderes zu tun. Guten Morgen.«

Kein weiteres Wort. Das war ihre Begrüßung, ihre Unterhaltung und ihr Abschied.

Scrooge wollte sich erst darüber wundern, dass der Geist so alltäglichen Gesprächen eine Bedeutung beimaß, da er aber die Empfindung hatte, dass eine verborgene Absicht dahintersteckte, begann er zu überlegen, welche das wohl sein könnte. Auf den Tod seines alten Partners Jacob konnten sie sich nicht beziehen, denn das war ja Vergangenheit, und der Bereich dieses Geistes lag in der Zukunft. Auch konnte er sich auf niemand besinnen, der unmittelbar mit ihm in Verbindung stand, auf den er diese Worte hätte beziehen können. Doch da er nicht daran zweifelte, dass sie, wem immer sie galten, eine geheime Lehre zu seiner eignen Besserung enthielten, beschloss er jedes Wort, das er hörte, und alles, was er sah, sorgfältig zu bewahren; und insbesondere auf seinen eigenen Schatten zu achten, wenn er erscheinen sollte. Denn er hegte die Erwartung, dass das Betragen seines künftigen Ich ihm den gewünschten Aufschluss geben und ihm die Lösung dieser Rätsel erleichtern würde. So blickte er sich an diesem Ort nach seinem Ebenbild um, doch es stand ein anderer Mann in seiner gewohnten Ecke, und obwohl die Uhr die Stunde zeigte, zu der er für gewöhnlich dort war, erblickte er unter der Menge, die hereinströmte, niemand, der ihm glich. Das überraschte ihn jedoch nur wenig, denn er hatte sich ja vorgenommen, seinen Lebenswandel zu ändern, und hoffte, nun seine neugeborenen Entschlüsse schon verwirklicht zu sehen.

Stumm und düster mit ausgestreckter Hand stand das Gespenst neben ihm. Als er sich aus seinen Grübeleien aufraffte, spürte er an der Wendung der Hand, die sich auf ihn richtete, dass die unsichtbaren Augen ihn scharf anblickten. Das ließ ihn schaudern, und es überlief ihn kalt.

Sie verließen die belebten Geschäftsstraßen und kamen in einen finstern Stadtteil, den Scrooge nie betreten hatte, wenn auch seine Lage und sein schlechter Ruf ihm bekannt waren. Die Gassen waren eng und schmutzig; die Läden und Häuser verwahrlost, die Leute halbnackt, betrunken, zerlumpt, hässlich. Aus Durchgängen und Torwegen drang, wie aus ebenso vielen Senkgruben, der Gestank von Unrat und Menschen in die verwinkelten Gassen; und das ganze Viertel war trächtig von Verbrechen, Schmutz und Elend.

Tief drinnen in diesem verrufenen Schlupfwinkel versteckt, befand sich unter einem überhängenden Dach ein finsterer Laden, wo Eisen, alte Lumpen, Flaschen, Knochen und Fettabfälle zu verkaufen waren. Innen auf dem Fußboden lagen Haufen von rostigen Schlüsseln, Nägeln, Ketten, Scharnieren, Draht, Feilen, Waagschalen, Gewichten, Alteisen jeder Art. Heimlichkeiten, die aufzustöbern wohl nur wenige Leute Lust verspürten, wurden in Bergen von ekelhaften Lumpen und verdorbenem Fett und in ganzen Beinhäusern von Knochen verborgen und ausgebrütet. Mitten unter diesen Waren, mit denen er handelte, saß neben einem Kohlenöfchen aus alten Backsteinen ein grauhaariger Halunke von fast siebzig Jahren, der sich mit einem aus ausgefransten Fetzen bestehenden Vorhang, der über einer

Leine hing, gegen die kalte Luft geschützt hatte und im Genuss stiller Zurückgezogenheit seine Pfeife rauchte.

Scrooge und das Gespenst trafen gerade in dem Augenblick bei dem Manne ein, als eine mit einem schweren Bündel beladene Frau sich in den Laden schlich. Doch sie war kaum eingetreten, als eine andere, genauso bepackte Frau gleichfalls hereinkam, und dicht hinter dieser folgte ein Mann in einem verschossenen schwarzen Anzug, der beim Anblick der Weiber nicht weniger verblüfft war, als sie es gewesen, wie sie einander erkannt hatten. Nach einem kurzen, verdutzten Erstaunen, währenddessen der Alte mit der Pfeife sich ihnen zugesellte, brachen sie alle drei in ein Gelächter aus.

»Nun, so nimm die Scheuerfrau allein als Erste dran«, rief die Frau, die zuerst eingetreten war; »dann nimm die Waschfrau für sich als Zweite vor und lass den Leichenbesorger allein den Dritten sein. Da schau her, alter Joe, gleich drei, das nenn ich Glück! Und dabei haben wir uns nur zufällig hier getroffen.«

»Ihr hättet einander an keinem bessern Ort begegnen können«, meinte der alte Joe, indem er seine Pfeife aus dem Mund nahm, »nur immer hereinspaziert in die gute Stube. Du weißt ja, dass du schon lange freien Eintritt dazu hast, und die anderen sind ja auch keine Neulinge mehr. Wartet nur, bis ich die Ladentüre geschlossen habe. Au, wie die quietscht! Kein so rostiges Stück Eisen im Laden wie ihre Angeln, glaub's nicht; und bestimmt sind keine Knochen hier so alt wie meine. Haha, wir passen alle gut zu dem Geschäft, passen gut zusammen. Nur herein jetzt in die gute Stube! Nur herein!«

Die gute Stube war der Raum hinter dem Lumpenvorhang. Der alte Mann stocherte das Feuer mit einer rostigen Vorhangstange zusammen, und nachdem er seine verrußte Lampe, denn es war Nacht, mit seinem Pfeifenstiel geputzt hatte, steckte er ihn wieder in den Mund.

Währenddessen warf das Weib, das vorhin gesprochen, sein Bündel auf den Boden und setzte sich großspurig auf einen

Stuhl, stützte die Ellbogen auf die Knie und schaute die andern mit frecher Herausforderung an.

»Und was ist denn dabei? Was soll denn da schon dabei sein, Mrs. Dilber?«, sagte das Weib. »Jeder hat das Recht, für sich selbst zu sorgen. Er hat es jedenfalls getan!«

»Ja, das stimmt, das hat er«, sagte die Wäscherin, »niemand mehr als der.«

»Na, dann steht doch nicht so da und starrt mich so erschrocken an, Frau! Wer weiß schon was davon? Und *wir* werden einander doch nicht die Augen aushacken, denke ich.«

»Nein, bestimmt nicht«, sagten Mrs. Dilber und der Mann zugleich, »das wollen wir nicht hoffen.«

»Nun also«, rief die Frau, »das genügt. Wem geschieht schon ein Schaden, wenn diese paar Sachen verloren gehen? Diesem toten Mann doch nicht, nehme ich an.«

»Nein, wirklich nicht«, sagte Mrs. Dilber lachend.

»Wenn er seine Sachen nach dem Tode noch hätte behalten wollen, der gemeine alte Geizhals«, fuhr das Weib fort, »warum war er da bei Lebzeiten nicht menschlicher? Wäre er's gewesen, so hätte er jemand gehabt, der nach ihm gesehen hätte, als er auf den Tod lag, anstatt dass er mutterseelenallein seinen letzten Schnaufer tun musste.«

»Das ist das wahrste Wort, das je gesprochen wurde«, sagte Mrs. Dilber, »es ist die Strafe des Himmels für ihn.«

»Ich wollte, sie wäre noch etwas schwerer«, antwortete die Frau, »und das wäre sie, darauf könnt ihr euch verlassen, wenn ich sonst noch was hätte erwischen können. Mach das Bündel auf, alter Joe, und lass mich wissen, was es wert ist. Red offen. Es macht mir nichts aus, dass ich die Erste bin, und auch nichts, dass die andern es sehen. Wir wussten ganz gut, noch bevor wir uns hier trafen, dass ein jeder von uns sich selbst bedient hatte, glaube ich. Das ist keine Sünde. Mach das Bündel auf, Joe.«

Aber die Höflichkeit ihrer Freunde wollte das nicht zulassen, und der Mann in dem fadenscheinigen schwarzen Anzug sprang als Erster in die Bresche und brachte seine Beute zum Vorschein. Sie war nicht umfangreich. Ein oder zwei Petschafte, ein Federkasten, ein Paar Manschettenknöpfe und eine Anstecknadel von geringem Wert, das war alles. Es wurde einzeln geprüft und abgeschätzt vom alten Joe, der die Beträge, die er für ein jedes zu geben gewillt war, mit Kreide an die Wand schrieb und sie zu einer Summe zusammenzählte, als er fand, dass nichts mehr hinzukam.

»Das ist deine Rechnung«, sagte Joe, »und ich würde kein Sixpencestück mehr dafür geben, auch wenn ich geschmort würde, nein, das täte ich nicht. Wer ist der Nächste?«

Mrs. Dilber war die Nächste. Bettlaken und Handtücher, ein paar abgetragene Kleidungsstücke, zwei altmodische silberne Teelöffel, eine Zuckerzange und einige Paar Schuhe. Ihre Rechnung wurde in gleicher Weise auf der Wand vermerkt.

»Damen gebe ich immer zu viel. Das ist eine Schwäche von mir, und auf diese Weise richte ich mich selbst zugrunde«, sagte der alte Joe. »Da ist eure Rechnung. Wenn ihr einen Pfennig mehr haben wollt und lasst es darauf ankommen, so muss ich bedauern, so freigebig gewesen zu sein, und euch eine halbe Krone abziehen.«

»Und nun *mein* Bündel, Joe!«, sagte das erste Weib.

Joe kniete nieder, um es bequemer öffnen zu können, und zog – nachdem er eine Menge Knoten aufgeknüpft hatte – eine große schwere Rolle irgendeines dunklen Stoffes heraus.

»Was ist denn das?«, sagte Joe, »Bettvorhänge?«

»Ja«, erwiderte das Weib und beugte sich lachend auf ihre verschränkten Arme vor; »Bettvorhänge!«

»Du willst doch wohl nicht sagen, dass du sie runtergeholt hast, samt Ringen und allem, als er dort lag?«, sagte Joe.

»Freilich«, versetzte das Weib, »warum nicht?«

»Na, du bist dazu geschaffen, dein Glück zu machen«, entgegnete der alte Joe, »du kannst es noch weit bringen!«

»Bei solch einem Kerl, wie der einer war, werd ich die Hand

nicht in der Tasche lassen, wenn ich damit etwas erwischen kann, darauf kannst du dich verlassen, Joe«, erwiderte kaltblütig das Weib, »und nun lass das Öl nicht auf die Bettdecke tropfen!«

»Seine Bettdecke?«

»Wessen sonst, meinst du«, erwiderte das Weib, »wird sich ohne sie auch nicht erkälten, das kannst du mir glauben!«

»Hoffentlich ist er nicht an irgendetwas Ansteckendem gestorben, wie?«, fragte der alte Joe, indem er innehielt in seinem Tun und aufblickte.

»Da brauchst du keine Angst zu haben«, entgegnete das Weib; »bin nicht so aus auf seine Gesellschaft, dass ich mich wegen der paar Sachen bei ihm herumgetrieben hätte, wenn das so wäre. Ah, du kannst durch dies Hemd durchschauen, bis dir die Augen weh tun, aber du wirst kein Loch drin finden und keine fadenscheinige Stelle. Es ist das beste, das er hatte, und ein feines dazu! Sie hätten es verschwendet, wenn *ich* nicht gewesen wäre!«

»Wieso verschwendet?«, fragte der alte Joe.

»Es ihm angezogen und ihn darin beerdigt, ja, ja«, versetzte das Weib lachend. »Irgendjemand war verrückt genug, das zu tun, aber ich hab es ihm wieder ausgezogen. Wenn Baumwollzeug dafür nicht gut genug ist, wofür soll es denn dann gut sein? Es steht der Leiche genauso gut. Sie kann gar nicht hässlicher aussehen, als sie es in diesem tat.«

Mit Entsetzen hörte Scrooge diesen Gesprächen zu. Wie sie da bei dem trüben Schein, den des Alten Lampe verbreitete, um ihre Beute hockten, betrachtete er sie mit einem Abscheu, der kaum größer hätte sein können, wenn es höllische Dämonen gewesen wären, die um den Leichnam selber feilschten.

»Haha«, lachte das Weib wieder, als der alte Joe einen flanellenen Beutel voll Geld hervorzog und ihre verschiedenen Gewinne auf den Fußboden aufzählte. »Seht ihr, das ist das Ende vom Lied. Bei Lebzeiten hat er einen jeden von sich fortgejagt; und ist zu unserm Nutzen, nun wo er tot ist. Hahaha!«

»Geist«, sagte Scrooge schlotternd von Kopf bis Fuß. »Ich verstehe, ich verstehe. Das Los dieses Unglücklichen könnte mein eigenes sein. Mein bisheriges Leben führt darauf hin. Barmherziger Himmel, was ist das?«

Erschrocken fuhr er zurück, denn der Schauplatz hatte sich verändert, und er berührte beinahe ein Bett, ein nacktes, vorhangloses Bett, auf dem unter einem zerlumpten Laken etwas Verhülltes lag, das, obgleich es stumm war, doch in einer furchtbaren Sprache sich ankündigte.

Es war sehr dunkel im Raum, zu dunkel, um ihn genauer betrachten zu können, obschon Scrooge, einem geheimen Drange folgend, sich darin umblickte, angstvoll bemüht zu wissen, was für eine Art Zimmer es wohl sein könne. Ein fahles Licht, das von draußen aufstieg, fiel gerade auf das Bett, und auf diesem, beraubt und geplündert, unbewacht, unbeweint, unbetreut, lag der Leichnam dieses Mannes.

Scrooge warf einen Blick auf das Gespenst. Starr wies seine Hand hin auf den Kopf der Leiche. Die Decke war so nachlässig darüber geworfen, dass die leiseste Berührung, ja das Anheben von Scrooges Finger das Gesicht enthüllt hätte. Er dachte daran, spürte, wie leicht das zu machen wäre, und es verlangte ihn danach, aber er hatte ebenso wenig die Kraft, die Hülle wegzuziehen, als den Geist von seiner Seite zu verscheuchen.

Oh, kalter, kalter, starrer, fürchterlicher Tod, richte hier deinen Altar auf und umgib ihn mit allen Schrecken, die dir zu Gebote stehen, denn dies ist dein Reich! Doch an dem geliebten, verehrten und geachteten Haupt kannst du kein Haar krümmen zu deinem furchtbaren Zweck und keinen Zug entstellen. Nicht das ist entscheidend, dass die Hand nun schwer ist und niedersinkt, wenn man sie loslässt, nicht das, dass Herz und Puls stillstehen, sondern dass diese Hand offen, freigebig und treu war, das Herz tapfer, warm und zartfühlend und der Herzschlag der eines Menschen. Schlag zu, Tod, schlag zu! Und sieh, wie seine guten Taten aus der Wunde aufblühen und unsterbliches Leben aussäen über die Erde hin.

Keine Stimme sagte diese Worte Scrooge ins Ohr, und doch vernahm er sie, als er auf dies Bett hinblickte. Er dachte darüber nach, was, wenn dieser Mann jetzt aufgeweckt werden könnte, wohl seine vordringlichsten Gedanken sein würden! Habsucht, Geiz, Hartherzigkeit, unnachsichtige Gewinnsucht – sie haben ihm wahrhaftig zu einem gesegneten Ende verholfen!

Da lag er in dem finstern, leeren Haus, ohne dass ein Mann, eine Frau oder ein Kind hätten sagen können, er habe ihnen dies oder jenes Gute getan, und dass sie ihm in der Erinnerung an ein freundliches Wort auch etwas Freundliches hätten erweisen wollen. Eine Katze kratzte an der Türe, und unter der Feuerstelle hörte man das Nagen der Ratten. Was die in dem Sterbezimmer wollten und warum sie so unruhig und rastlos waren, das auszudenken, wagte Scrooge nicht.

»Geist«, sagte er, »das ist ein fürchterlicher Ort. Ich werde, wenn ich ihn verlasse, seine Lehre nicht auch hinter mir lassen, glaub es mir. Lass uns gehen!«

Immer noch zeigte des Geistes unbewegter Finger auf das Haupt.

»Ich verstehe dich«, erwiderte Scrooge, »und ich würde es tun, wenn ich's könnte. Aber ich habe die Kraft nicht dazu, Geist. Ich habe die Kraft nicht.«

Wiederum schien das Gespenst ihn anzusehen.

»Wenn es irgendjemand gibt in dieser Stadt, bei dem der Tod dieses Mannes ein Gefühl auslöst«, sagte Scrooge in wahrer Sterbensangst, »so zeige ihn mir, Geist, ich beschwöre dich!«

Das Gespenst breitete für einen Augenblick seinen dunklen Mantel wie einen Flügel aus, und als es ihn wieder zurückbog, enthüllte es ein Zimmer bei Tageslicht, in dem sich eine Mutter mit ihren Kindern befand.

In angstvoller Spannung schien sie jemand zu erwarten, denn sie ging auf und ab im Raum, schreckte bei jedem Laut zusammen, schaute aus dem Fenster, blickte nach der Uhr, versuchte – doch vergeblich – sich mit ihrer Näherei zu beschäftigen; und vermochte kaum die Stimmen der spielenden Kinder zu ertragen.

Endlich ließ sich das langerwartete Klopfen vernehmen. Sie eilte an die Türe, ihrem Mann entgegen, dessen Gesicht, obschon es noch jung war, sorgenvolle und verhärmte Züge trug. Doch jetzt lag ein seltsamer Ausdruck darauf, eine Art ernster Freude, derer er sich schämte und die zu unterdrücken er bemüht war.

Er setzte sich zu seiner Mahlzeit nieder, die für ihn auf dem Feuer warmgestellt war; und als die Frau ihn zaghaft fragte, was erst nach einem langen Schweigen geschah, was für eine Nachricht er brächte, schien er in Verlegenheit, wie er antworten solle.

»Ist sie gut oder schlecht?«, fragte sie, um ihm zu helfen.

»Schlecht«, antwortete er.

»So sind wir ganz zugrunde gerichtet?«

»Nein, es ist noch Hoffnung, Caroline.«

»Wenn *er* nachgäbe, dann – Ja, wenn solch ein Wunder geschähe«, sagte sie verwirrt, »dann wäre es nicht hoffnungslos.«

»Er ist über das Nachgeben hinaus«, erwiderte der Gatte, »er ist tot.«

Wenn ihre Gesichtszüge die Wahrheit sprachen, so war sie ein sanftes und geduldiges Geschöpf; doch sie war aus ganzer Seele dankbar, als sie dies hörte; und sie sagte es mit gefalteten Händen. Im nächsten Augenblick bereute sie es und bat um Vergebung, doch das Erste war die unwillkürliche Regung ihres Herzens gewesen.

»Was das halbbetrunkene Weib, von dem ich dir gestern Abend erzählte, mir gesagt hatte, als ich ihn sprechen wollte, um eine Woche Aufschub zu erlangen, und was ich für eine bloße Ausrede hielt, um mich abzuweisen, stellt sich als reine Wahrheit heraus. Er war zu der Zeit nicht nur sehr krank, er lag im Sterben.«

»Auf wen wird unsere Schuld nun überschrieben werden?«

»Ich weiß es nicht. Doch bis dahin werden wir das Geld bereit haben, und selbst wenn das nicht der Fall sein sollte, so wäre es schon ganz großes Pech, wenn wir in seinem Nachfolger einen ebenso unbarmherzigen Gläubiger finden würden. Wir dürfen heute Nacht leichten Herzens schlafen, Caroline.«

Ja, sie mochten versuchen, es zu beschönigen, aber ihre Herzen waren doch erleichtert. Die Kinder, die, stiller geworden, sich herandrängten, um zu hören, was sie so wenig verstanden, hatten hellere Gesichter, es war – durch den Tod dieses Mannes – ein glücklicheres Haus. Das einzige durch dies Ereignis hervorgerufene Gefühl, das der Geist Scrooge vorweisen konnte, war ein Gefühl der Freude.

»Lass mich ein wenig Zuneigung und Zartgefühl sehen beim Tode eines Menschen«, sagte Scrooge, »oder jenes düstere Zimmer, das wir verließen, wird mir immer vor Augen stehen.«

Der Geist führte ihn durch verschiedene, seinen Füßen vertraute Straßen, und wie sie so gingen, blickte Scrooge dahin und dorthin nach sich selber aus, doch er konnte sich nirgends entdecken. Sie betraten des armen Bob Cratchit Haus, die Wohnstatt, die er zuvor schon besucht hatte, und trafen die Mutter und die Kinder um das Feuer sitzend an.

Still. Sehr still war es. In einer Ecke saßen wie Bildsäulen die beiden kleinen Cratchits und sahen nach Peter hin, der ein Buch vor sich hatte. Die Mutter und die Töchter waren mit Nähen beschäftigt, aber auch sie waren ganz still.

»Und er nahm ein Kind und stellte es unter sie.«

Wo hatte Scrooge diese Worte gehört? Geträumt hatte er sie nicht. Der Junge musste sie laut gelesen haben, während er mit dem Geist die Schwelle überschritt. Warum fuhr er nicht fort?

Die Mutter ließ ihre Näherei auf den Tisch sinken und hob ihre Hand vor das Gesicht.

»Die Farbe tut meinen Augen weh«, sagte sie.

Die Farbe! Oh, armer kleiner Tim!

»Nun geht es schon wieder«, sagte Cratchits Frau, »das Kerzenlicht ermüdet mich, und ich möchte nicht um alles in der Welt eurem Vater trübe Augen zeigen, wenn er nach Hause kommt. Es muss bald seine Zeit sein.«

»Es ist fast schon darüber«, antwortete Peter und schloss sein Buch. »Aber ich glaube, er ist an diesen letzten Abenden ein wenig langsamer gegangen als sonst, Mutter.«

Nun waren sie wieder sehr still. Zuletzt sagte sie mit einer ruhigen, heiteren Stimme, die nur einmal schwankte:

»Ich weiß noch, wie er mit – ich weiß, wie er mit dem kleinen Tim auf der Schulter daherkam, wirklich sehr schnell.«

»Ja, das weiß ich auch«, rief Peter.

»Und ich auch!«, rief ein anderes aus, das wussten sie alle.

»Aber er war auch so leicht zu tragen«, fuhr die Mutter fort und blickte auf ihre Arbeit nieder, »und sein Vater liebte ihn so sehr, dass er ihm keine Last war, keine Last. Und nun ist euer Vater an der Türe.«

Sie lief hinaus ihm entgegen, und der kleine Bob in seinem Wollschal – er konnte ihn brauchen, der arme Kerl – kam herein. Sein Tee stand für ihn auf dem Feuer, und sie wetteiferten alle, ihn zu bedienen. Dann kletterten die beiden kleinen Cratchits auf seine Knie, und jedes Kind legte eine kleine Wange gegen seine, als wollten sie sagen: »Sei nicht zu traurig, Vater, nimm es dir nicht zu sehr zu Herzen.«

Bob war ganz fröhlich und sprach freundlich mit der ganzen Familie. Er betrachtete die auf dem Tisch liegende Arbeit und lobte den Fleiß und die Flinkheit von Mrs. Cratchit und den Mädchen. Sie würden lange vor Sonntag fertig werden, meinte er.

»Sonntag! Du bist also heute dort gewesen, Robert?«, fragte seine Frau.

»Ja, meine Liebe«, erwiderte Bob. »Ich wünschte, du hättest mitgehen können. Es hätte dir wohlgetan zu sehen, welch ein schönes grünes Plätzchen es ist. Doch du wirst es ja oft noch sehen. Ich habe ihm versprochen, dass ich am Sonntag meinen

Spaziergang hin machen werde. Mein liebes, kleines Kind!«, rief Bob, »mein kleiner Junge!«

Mit einmal brach er zusammen. Er konnte nicht mehr an sich halten. Hätte er es gekonnt, so hätten er und sein Kind einander nicht so nahe stehen dürfen, wie sie es taten.

Er verließ das Zimmer und ging die Stiege hinauf in den oberen Raum, der freundlich erleuchtet und mit Tannengrün geschmückt war. Da stand ein Stuhl dicht neben dem Kinde, und es sah aus, als wäre vor kurzem jemand da gewesen. Der arme Bob setzte sich nieder, und nachdem er ein wenig nachgedacht und sich gefasst hatte, küsste er das kleine Gesicht. Er war ausgesöhnt mit dem, was geschehen war, und ging beruhigt wieder hinunter.

Sie setzten sich um das Feuer herum und plauderten, die Mutter und die Mädchen immer noch nähend. Bob erzählte ihnen von der außerordentlichen Freundlichkeit von Scrooges Neffen, den er kaum mehr als einmal gesehen hatte und der, als er ihm heute auf der Straße begegnet war und sah, dass er ein wenig bedrückt aussah – »gerade so ein bisschen bedrückt, wisst ihr«, sagte Bob –, ihn fragte, was ihm widerfahren sei. »Hierauf«, sagte Bob, »habe ich es ihm erzählt, denn er ist der freundlichste Herr, den ihr euch denken könnt. ›Das tut mir von Herzen leid für Sie, Mr. Cratchit‹, sagte er, ›und herzlich leid auch für Ihre gute Frau.‹ Übrigens woher er das wusste, ist mir nicht ganz klar.«

»Was wusste, mein Lieber?«

»Nun, dass du eine gute Frau bist«, antwortete Bob.

»Das weiß doch ein jeder«, sagte Peter.

»Sehr richtig bemerkt, mein Junge«, rief Bob, »das will ich hoffen. ›Herzlich leid‹, sagte er, ›tut es mir für Ihre gute Frau. Wenn ich Ihnen in irgendeiner Weise helfen kann‹, sagte er und gab mir seine Karte, ›hier steht es, wo ich wohne, und ich bitte Sie, sich an mich zu wenden.‹ Und nicht so sehr das, dass er etwas für uns tun könnte, hat mich so gefreut, sondern seine freundliche Art. Es war wirklich, als hätte er unsern kleinen Tim gekannt und fühlte mit uns.«

»Ich bin überzeugt, dass er ein gutes Herz hat«, sagte Mrs. Cratchit.

»Du wärst es noch mehr, meine Liebe«, erwiderte Bob, »wenn du ihn gesehen und gesprochen hättest. Ich wäre durchaus nicht erstaunt, merkt euch nur, was ich sage, wenn er Peter eine bessere Stelle verschaffte.«

»Hör nur, Peter«, sagte Mrs. Cratchit.

»Und dann«, rief eine der Schwestern, »wird Peter mit einem Mädchen gehen und seinen eigenen Hausstand gründen.«

»Nun hört aber auf«, wehrte Peter grinsend ab.

»Das mag wohl eines Tages so kommen«, sagte Bob, »obschon das noch reichlich Zeit hat, mein Lieber. Doch wie und wann immer wir uns auch trennen, das weiß ich, dass keiner von uns den kleinen Tim je vergessen wird – und dieses erste Abschiednehmen unter uns, nicht wahr?«

»Nein, niemals, Vater«, riefen alle.

»Und ich weiß«, sagte Bob, »ich weiß es, meine Lieben, wenn wir uns erinnern, wie geduldig und wie sanft er war – obwohl noch ein so kleines Kind –, so werden wir nicht leicht miteinander in Streit geraten und dabei unsern kleinen Tim vergessen.«

»Nein, niemals, Vater!«, riefen sie alle wieder.

»Das macht mich froh«, sagte der kleine Bob, »das macht mich sehr froh.«

Mrs. Cratchit küsste ihn, seine Töchter küssten ihn, und er und Peter reichten einander die Hände. Du Geist des kleinen Tim, dein kindliches Wesen war von Gott!

»Geist«, sagte Scrooge, »etwas sagt mir, dass unsere Trennung nahe bevorsteht. Ich spüre es, wenn ich auch nicht weiß, wieso. Drum sage mir noch, was für ein Mann das war, den wir tot daliegen sahen.«

Der Geist der künftigen Weihnacht führte ihn weiter – doch war die Zeit eine andere –, und es dünkte ihn, dass diese letzten

Gesichte überhaupt keine zeitliche Folge hatten, abgesehen davon, dass alle in der Zukunft lagen. Der Geist führte Scrooge an Orte, wo die Geschäftsleute sich zu treffen pflegten, doch ohne ihm sein eigenes Ich zu zeigen. Nirgends hielt der Geist sich auf, sondern strebte geradewegs weiter, wie auf ein gewünschtes Ziel los, bis er von Scrooge gebeten wurde, einen Augenblick innezuhalten.

»In diesem Hof, den wir jetzt durchschreiten«, sagte Scrooge, »befinden sich seit langem schon meine Geschäftsräume. Ich erblicke das Haus. Lass mich doch sehen, wie ich in künftigen Tagen sein werde.«

Der Geist hielt an, seine Hand aber wies in andere Richtung.

»Dort drüben liegt das Haus«, rief Scrooge, »warum denn zeigst du einen andern Weg?«

Der unerbittliche Finger rührte sich nicht.

Scrooge eilte auf sein Kontorfenster zu und blickte hinein. Es war immer noch ein Kontor, doch nicht das seine. Die Einrichtung war nicht die gleiche, und die Gestalt im Sessel war nicht er selbst. Das Gespenst wies mit seiner Hand in die gleiche Richtung wie zuvor.

Scrooge schloss sich ihm wiederum an, und während er noch überlegte, warum und wohin er wohl weggezogen war, erreichten sie ein eisernes Gitter. Er blieb stehen und sah sich um, bevor sie eintraten.

Ein Friedhof. Hier also lag der elende Mensch, dessen Namen er nun erfahren sollte, hier unter der Erde lag er. Der Platz war seiner würdig. Von Häusern eingeengt, von Gras und Unkraut überwuchert, das, fett vor Übersättigung durch allzu viele Gräber, gesundem Wachstum Tod bedeutet und nicht Leben, da lag er. Ein würdiger Platz. Der Geist stand inmitten der Gräber und deutete hinab auf eines von ihnen. Zitternd näherte sich ihm Scrooge. Das Gespenst war genauso, wie es gewesen, doch voller Furcht erblickte er eine neue Bedeutung in seiner feierlichen Gestalt.

»Bevor ich näher an diesen Stein herantrete, auf den du zeigst«, sagte Scrooge, »beantworte mir eine Frage. Sind dies Schatten dessen, was sein *wird*, oder nur Schatten dessen, was kommen *kann*?«

Immer noch deutete der Geist auf das Grab hinab, bei dem er stand.

»Der Lebensweg eines Menschen deutet auf ein bestimmtes Ziel hin, bei dem er enden muss, wenn er ihn verfolgt«, sagte Scrooge; »aber wenn er diesen Weg verlässt, wird das Ziel sich dann ändern? Sag mir, ob es sich hier auch so verhält!«

Der Geist blieb so unbewegt wie zuvor.

Zitternd kroch Scrooge näher, dorthin, wo der Finger hinwies, und dann las er auf dem Stein des vernachlässigten Grabes seinen eigenen Namen:

EBENEZER SCROOGE.

»Bin *ich* der Mann, der auf dem Bette lag?«, rief er auf die Knie sinkend.

Der Finger wies vom Grab auf ihn und wieder zurück auf das Grab.

»Nein, Geist! Oh, nein, nein!«

Der Finger deutete immer noch hin.

»Geist«, schrie Scrooge und klammerte sich fest an sein Gewand, »höre mich an! Ich bin nicht mehr der Gleiche, der ich war. Ich will nicht mehr der Mensch sein, der ich ohne diese Heimsuchung geblieben wäre. Warum zeigst du mir dies, wenn für mich doch alle Hoffnung verloren ist?«

Zum ersten Mal schien die Hand zu beben.

»Guter Geist«, fuhr Scrooge fort und warf sich zu Boden vor ihm, »dein Wesen hat Mitleid mit mir und legt Fürbitte für mich ein. Gib mir die Versicherung, dass ich die Schatten, die du mir gezeigt hast, durch ein gewandeltes Leben noch ändern kann.«

Die gütige Hand bebte.

»Ich will Weihnachten ehren und versuchen, es das ganze Jahr im Herzen zu bewahren. Ich will in der Vergangenheit, der Gegenwart und der Zukunft leben. Der Geist aller drei soll in mir lebendig sein. Ich will mich den Lehren, die sie mir geben, nicht verschließen. Oh, sage mir, dass ich die Schrift auf diesem Stein auslöschen kann!«

In seiner tödlichen Angst ergriff er die Geisterhand. Sie versuchte sich zu befreien, aber er war stark in seinem Flehen und hielt sie fest. Der Geist aber, noch stärker, stieß ihn zurück.

Als Scrooge seine Hände zu einer letzten Bitte um die Wendung seines Schicksals erhob, gewahrte er eine Veränderung in des Gespenstes Hülle. Es wurde kleiner, sank in sich zusammen und schrumpfte zu einem Bettpfosten ein.

Fünfte Strophe

Das Ende vom Lied

Ja, und es war sein eigener Bettpfosten! Es war sein eigenes Bett, sein eigenes Zimmer. Und das Beste von allem war und das größte Glück, dass die Zeit, die vor ihm lag, sein Eigen war und ihm gehörte, um vieles wiedergutzumachen.

»Ich will in der Vergangenheit, in der Gegenwart und in der Zukunft leben!«, wiederholte sich Scrooge, als er aus dem Bett krabbelte. »Die Geister aller drei sollen in mir lebendig sein. Oh, Jacob Marley! Der Himmel und die Weihnachtszeit sollen dafür gepriesen sein! Das sage ich auf meinen Knien, alter Jacob, hier auf meinen Knien.«

Er war so erregt und brannte so von guten Vorsätzen, dass seine heisere Stimme ihm kaum gehorchen wollte. Er hatte, als er mit dem Geist rang, heftig geweint, und sein Gesicht war von Tränen nass.

»Sie sind nicht heruntergerissen«, rief Scrooge und schloss einen seiner Bettvorhänge in die Arme, »sie sind nicht heruntergerissen mit Ringen und allem. Sie sind da – ich bin da – die Schatten dessen, was sich hätte ereignen mögen, können vertrieben werden, sie werden verbannt werden, ich weiß, dass sie es werden!«

Unterdessen hatten seine Hände sich mit seinen Kleidern zu schaffen gemacht, er drehte und wendete sie um, zog sie verkehrt herum an, zerriss und verlegte sie und stellte das tollste Zeug mit ihnen an.

»Ich weiß wirklich nicht, was ich anfangen soll«, rief Scrooge lachend und weinend in einem Atem, während er mit seinen Strümpfen einen richtigen Laokoon aus sich machte. »Ich fühle mich so leicht wie eine Feder. Ich bin so glücklich wie ein Engel und so vergnügt wie ein Schuljunge. Mir schwindelt wie einem Betrunkenen. Fröhliche Weihnachten einem jeden! Ein glückliches neues Jahr der ganzen Welt! Hallo, hurra und hopsasa!«

Er war ins Wohnzimmer hinübergesprungen, und da stand er nun völlig außer Atem.

»Da ist das Pfännchen, in dem der Haferschleim drin war«, rief Scrooge, indem er wieder lossprang und vor dem Kamin herumtanzte, »dort ist die Türe, durch die der Geist von Jacob Marley hereinkam. Dort ist die Ecke, in welcher der Geist der heurigen Weihnacht saß. Da ist das Fenster, von dem aus ich die wandernden Geister erblickte! Es stimmt alles, es ist alles wahr, alles ist wirklich gewesen. Hahahaha!«

Für einen Mann, der so lange außer Übung gewesen, war dies wirklich ein ganz prächtiges Lachen, ein ganz hervorragendes Lachen, der Vater einer langen, langen Reihe fröhlicher, strahlender Gelächter.

»Ich weiß nicht, welchen Tag wir heute haben«, sagte Scrooge, »ich weiß nicht, wie lange ich unter den Geistern gewesen bin. Ich weiß gar nichts mehr. Ich bin wie ein kleines Kind. Tut nichts! Was kümmert es mich! Ich möchte ganz gerne wieder ein Kind sein! Hallo, hurra und hopsasa!«

Die Kirchenglocken rissen ihn aus seinem Freudentaumel heraus, indem sie das fröhlichste Geläute anhoben, das er je gehört hatte. Klang – kling, bim – bam, ding – dong, bim – bam, kling – klang! Oh, herrlich, herrlich!

Er lief ans Fenster, öffnete es und steckte den Kopf hinaus. Kein Dunst, kein Nebel! Klares, strahlendes, freundliches, prickelnd kaltes Wetter. Ein Wetter, das das Blut rascher kreisen ließ: goldenes Sonnenlicht, strahlender Himmel, süße frische Luft, fröhliches Glockengeläute. Oh, herrlich, ganz herrlich!

»Was ist heute für ein Tag?«, rief Scrooge einem Jungen in Sonntagskleidern zu, der sich unten im Hof herumtrieb.

»Wie? was?«, gab der Junge in höchstem Erstaunen zurück.

»Was für ein Tag heute ist, mein Junge?«, sagte Scrooge.

»Heute?«, erwiderte der Junge, »nun Weihnachtstag! Der erste Weihnachtstag!«

»Weihnachtstag!«, murmelte Scrooge vor sich hin. »Weihnachten; so habe ich es doch nicht versäumt. Die Geister haben all das in einer Nacht fertiggebracht. Sie können alles, was sie wollen. Natürlich können sie es. Hallo, mein guter Junge!«

»Hallo«, gab der Junge zurück.

»Kennst du den Geflügelladen in der übernächsten Straße, an der Ecke?«

»Das will ich meinen«, erwiderte das Bürschchen.

»Ein kluger Junge«, sagte Scrooge, »ein bemerkenswerter Junge. Weißt du, ob der Truthahn verkauft ist, der dort hing? Nicht der kleine, den großen meine ich!«

»Was – den, der so groß ist wie ich?«, fragte der Junge.

»Welch ein netter Bursche!«, sagte Scrooge, »es ist ein Vergnügen, sich mit ihm zu unterhalten. Ja, mein Junge, den!«

»Er hängt noch dort!«, erwiderte er.

»Ja?«, sagte Scrooge, »geh hin und kauf ihn!«

»Da gehen Sie nur selbst!«, rief der Junge.

»Nein, nein«, sagte Scrooge, »ich meine es im Ernst. Geh und kauf ihn, und sag, sie möchten ihn herschicken, damit ich Anweisung geben kann, wohin er gebracht werden soll. Wenn du mit dem Boten wieder herkommst, kriegst du einen Schilling von mir, und wenn du in weniger als fünf Minuten wieder hier bist, geb ich dir eine halbe Krone!«

Wie aus der Pistole geschossen sauste der Junge davon. Ja, wer einen Schuss nur halb so schnell hätte abgeben wollen, der hätte schon eine ganz sichere Hand und den Finger bereits am Abzug haben müssen.

»Ich werde den Truthahn zu Bob Cratchit schicken!«, flüsterte Scrooge, während er sich die Hände rieb und sich ausschütten wollte vor Lachen; »und er soll nicht wissen, woher er kommt. Er ist doppelt so groß wie der kleine Tim. Nie hat Joe Miller einen bessern Spaß gemacht als diesen, wenn ich den Truthahn zu Bob hinschicke.«

Die Hand, mit der er die Adresse schrieb, zitterte, doch irgendwie brachte er sie schon hin; dann ging er die Treppe hinunter, um für den Boten des Geflügelhändlers die Türe zu öffnen. Als er so dastand und sein Kommen erwartete, fiel sein Blick auf den Türklopfer.

»Solange ich lebe, werde ich ihn lieben«, rief Scrooge und strich mit seiner Hand darüber. »Früher habe ich ihn kaum jemals angesehen. Welch einen ehrlichen Ausdruck er doch hat! Ein ganz wunderbarer Türklopfer ist das! – Aha, und da ist ja auch der Truthahn! Hallo, hopp. Guten Morgen, wie geht's? Fröhliche Weihnachten!«

Das war ein Truthahn! Der Vogel konnte nie auf seinen Beinen gestanden haben! Sie wären ihm in einer Minute glatt umgekippt gleich Siegellackstangen.

»Nein, das ist ja ganz unmöglich, den bis nach Camden Town zu schleppen«, sagte Scrooge zum Boten. »Sie müssen natürlich eine Droschke nehmen.«

Das vergnügliche Kichern, mit dem er dies vorbrachte, und das Kichern, mit dem er den Truthahn und die Droschke bezahlte, und jenes, mit dem er den Jungen entlohnte, konnte nur übertroffen werden von dem Gekicher, mit dem er sich atemlos in seinen Stuhl fallen ließ und dort weiter kicherte, bis ihm die Tränen kamen.

Es war keine einfache Sache für Scrooge, sich zu rasieren, denn seine Hand zitterte noch, und Rasieren erfordert Aufmerksamkeit, selbst dann, wenn man nicht herumtanzt dabei. Doch wenn er sich die Nasenspitze abgeschnitten hätte, so hätte er nur ein Heftpflaster draufgeklebt und wäre weiter guter Dinge gewesen.

Er zog seinen besten Anzug an und gelangte schließlich hinaus auf die Straße. Um diese Zeit strömten die Leute aus ihren Häusern, so wie er es mit dem Geist der heurigen Weihnacht gesehen hatte; und Scrooge, der mit den Händen auf dem Rücken dahinwandelte, betrachtete sie alle mit einem freudigen Lächeln. Er sah so unwiderstehlich liebenswürdig aus, dass drei oder vier gutgelaunte Burschen ihm zuriefen: »Guten Morgen,

Sir. Ein fröhliches Weihnachten!« Und Scrooge erklärte oftmals hinterher, dass von allen frohen Lauten, die er je gehört, diese ihm am fröhlichsten in die Ohren geklungen hätten.

Er war noch nicht weit gegangen, als er den stattlichen Herrn auf sich zukommen sah, der tags zuvor in sein Kontor getreten war und gesagt hatte: »Scrooge und Marley, wenn ich recht bin?« Es gab ihm einen Stich ins Herz, als er dran dachte, wie dieser alte Herr ihn anschauen würde, wenn sie einander begegneten; aber er kannte den geraden Weg, der vor ihm lag, und er beschritt ihn.

»Mein lieber Herr«, sagte Scrooge, indem er rasch auf ihn zutrat und seine beiden Hände ergriff, »wie geht es Ihnen? Ich hoffe doch, dass Sie gestern gute Erfolge hatten. Es war sehr gütig von Ihnen. Ich wünsche Ihnen Fröhliche Weihnachten!«

»Mr. Scrooge?«

»Ja«, sagte Scrooge, »so ist mein Name, und ich fürchte, er klingt Ihnen nicht angenehm. Erlauben Sie, dass ich Sie um Verzeihung bitte. Und wollen Sie die Güte haben –« Und nun flüsterte ihm Scrooge etwas ins Ohr.

»Du lieber Gott!«, rief der Herr, und es verschlug ihm den Atem, »mein lieber Mr. Scrooge, ist das Ihr Ernst?«

»Ich bitte Sie darum! Keinen Heller weniger; es sind eine ganze Menge Rückstände drin eingeschlossen, das kann ich Ihnen versichern. Also, wollen Sie mir diese Gefälligkeit erweisen?«

»Mein lieber Herr«, sagte der andere, indem er ihm die Hand schüttelte, »ich weiß gar nicht, was ich zu solch einer Freigebigkeit sagen soll!«

»Sagen Sie bitte gar nichts«, versetzte Scrooge, »aber besuchen Sie mich doch einmal. Wollen Sie kommen?«

»Ja, das will ich«, rief der alte Herr, und man sah es ihm an, dass er es aufrichtig meinte.

»Ich danke Ihnen«, sagte Scrooge, »ich bin Ihnen sehr verbunden. Ich danke Ihnen tausend Mal. Und Gott befohlen!«

Er ging in die Kirche, und er spazierte durch die Straßen und betrachtete die hin und her eilenden Leute, er streichelte Kindern über den Scheitel, unterhielt sich mit Bettlern, blickte hinunter in die Küchen und hinauf zu den Fenstern der Häuser und fand an allem seine Freude. Nie hatte er sich träumen lassen, dass ein Spaziergang, dass überhaupt irgendetwas ihm so viel Vergnügen bereiten könnte. Am Nachmittag wandte er seine Schritte nach dem Hause seines Neffen hin.

Wohl ein Dutzend Mal ging er am Tor vorbei, bevor er den Mut fand, die Stufen hinaufzusteigen und zu klopfen. Aber er gab sich einen Ruck und tat es.

»Ist Ihr Herr daheim, liebes Kind?«, fragte Scrooge das Hausmädchen. Ein nettes Mädchen, wahrhaftig.

»Jawohl, Sir.«

»Wo ist er denn, mein Kind?«, fragte Scrooge.

»Im Esszimmer, Sir, bei der gnädigen Frau. Ich werde Sie nach oben führen, bitte.«

»Danke, danke, er kennt mich«, sagte Scrooge und hatte die Hand schon auf der Klinke der Esszimmertüre, »ich will gleich hineingehen, mein Kind.«

Er drückte leise die Klinke nieder, steckte seinen Kopf durch den Spalt ins Zimmer und blickte sich um. Da waren die beiden und betrachteten den Tisch, der in vollem Schmuck prangte; doch junge Haushälterinnen sind in dieser Hinsicht etwas ängstlich und wollen sich immer wieder vergewissern, dass alles in Ordnung ist.

»Fred!«, sagte Scrooge.

Du lieber Himmel, wie seine angeheiratete Nichte erschrak! Scrooge hatte im Augenblick nicht bedacht, dass sie in der Ecke mit der Fußbank saß, sonst hätte er dies keinesfalls getan.

»Du meine Güte!«, rief Fred, »wer ist denn das?«

»Ich bin's! Dein Onkel Scrooge! Ich bin zum Abendessen gekommen. Willst du mich einlassen, Fred?«

Ihn einlassen! Er hatte Glück, dass Fred ihm nicht den Arm

ausriss! Er war in fünf Minuten zu Hause. Der Empfang konnte nicht herzlicher sein, und vonseiten seiner Nichte war es das Gleiche; und ebenso bei Topper, als er kam, und der rundlichen Schwester, als diese eintraf, und all den andern, bei einem jeden, der kam. Eine wunderbare Gesellschaft, wunderbare Spiele, wunderbare Einmütigkeit, eine wundervolle Glückseligkeit.

Doch am nächsten Morgen war Scrooge zeitig in seinem Kontor. Oh, ganz früh war er da. Wenn er nur als Erster da sein und Bob Cratchit dabei ertappen könnte, wenn er zu spät kam. Das hatte er sich in den Kopf gesetzt.

Und tatsächlich, es kam so. Die Uhr schlug neun. Kein Bob war da. Ein Viertel nach neun. Kein Bob war zu sehen! Volle achtzehn und eine halbe Minute kam er zu spät. Bei weit geöffneter Türe saß Scrooge da, um ihn in den Brunnenschacht hereinkommen zu sehen.

Bobs Hut war herunten und ebenso sein Schal, bevor er die Türe noch ganz geöffnet hatte. In einem Hui saß er auf seinem Stuhl, und seine Feder jagte über das Papier, als wollte er die neunte Stunde noch einholen.

»Hallo«, knurrte Scrooge, so gut es ihm mit altgewohnter Stimme gelingen wollte; »was denken Sie sich dabei, wenn Sie zu dieser Tageszeit hier erscheinen?«

»Es tut mir sehr leid, Sir«, sagte Bob, »ich habe mich tatsächlich verspätet.«

»So, verspätet?«, wiederholte Scrooge, »wirklich. Ja, das glaube ich auch. Machen Sie nur so weiter, bitte!«

»Es ist ja nur einmal im Jahr, Sir«, verteidigte Bob sich, aus dem Brunnenschacht auftauchend. »Es soll nicht wieder vorkommen. Wir waren gestern ein bisschen fröhlich, Sir.«

»Nun, ich will Ihnen etwas sagen, mein Freund«, erwiderte Scrooge, »ich habe nicht die Absicht, dies länger mit anzusehen. Und deshalb«, fuhr er fort und sprang von seinem Sitz auf und versetzte Bob einen Rippenstoß, dass der wieder in seinen

Brunnenschacht zurücktaumelte, »und deshalb will ich Ihnen Ihr Gehalt erhöhen!«

Bob begann zu zittern. Er näherte sich dem Lineal. Für einen Augenblick schoss ihm der Gedanke durch den Kopf, Scrooge damit niederzuschlagen, ihn festzuhalten und die Leute im Hof um Hilfe und um eine Zwangsjacke anzurufen.

»Fröhliche Weihnachten, Bob«, sagte Scrooge nun so herzlich, dass es nicht misszuverstehen war, und klopfte ihm dabei auf die Schulter. »Ein fröhlicheres Weihnachtsfest, mein guter Junge, als ich es Ihnen so viele Jahre beschert habe. Ich will Ihr Gehalt erhöhen und mich nach Kräften Ihrer Familie annehmen, und gleich heut Nachmittag wollen wir die Sache bei einem heißen Weihnachtspunsch besprechen. Und nun schüren Sie einmal richtig Ihr Feuer, und noch bevor Sie den nächsten i-Punkt machen, laufen Sie und kaufen einen zweiten Kohlenkasten, Bob Cratchit!«

Scrooge hielt mehr, als er versprochen hatte. Er tat all dies und noch unendlich viel darüber hinaus, und für den kleinen Tim, der *nicht* starb, sorgte er wie ein zweiter Vater. Er wurde ein so guter Freund, ein so guter Chef und ein so guter Mensch, wie man ihn in dieser guten alten City oder irgendeiner andern guten Stadt, einem Städtchen oder einer Gemeinde auf der guten alten Erde nur immer finden mag. Manche Leute lachten, als sie diese Veränderung an ihm bemerkten, doch er ließ sie lachen und kümmerte sich nicht darum; denn er war weise genug, um zu wissen, dass auf dieser Welt nichts Gutes geschehen kann, ohne dass gewisse Leute sich ausschütten wollen vor Lachen; und da er wusste, dass diese Leute ihr Leben lang blind bleiben, hielt er es für besser, dass sich Krähenfüße um ihre Augen zogen, als dass ihre Krankheit sich in noch weniger anziehender Weise bemerkbar mache. Sein eigenes Herz lachte – und das war ihm vollauf genug.

Mit Geistern hatte er weiterhin keinen Verkehr, sondern lebte von da an nach dem Grundsatz vollkommener Enthaltsamkeit; und immer wurde von ihm gesagt, wenn jemand Weihnachten richtig feiern könne, dann sei er es. Möge dies mit Recht auch von uns gesagt werden, von uns allen! Und darum, wie der kleine Tim bemerkte: »Gott segne uns alle miteinander, einen jeden von uns!«

Anhang

Anmerkungen

8,24 *Kontor:* Büro, Geschäftszimmer.

13,8 *Bedlam:* umgangssprachlich für das Bethlem Royal Hospital, eine psychiatrische Klinik in London; *bedlam* kann etwa als ›Aufruhr‹ oder ›Chaos‹ übersetzt werden.

14,30 *den Bevölkerungsüberschuss vermindern:* Dickens spielt auf Thomas Malthus' Lehre vom Bevölkerungsüberschuss an. Sein *Essay on the Principle of Population* erschien 1798.

16,1 *Pudding:* traditioneller englischer Weihnachtskuchen mit viel Trockenobst, Nüssen und üblicherweise Rindernierenfett, der flambiert aufgetragen wird.

16,5 *St. Dunstan:* Erzbischof Dunstan von Canterbury (909–988) hatte zahlreichen Legenden nach so manche Auseinandersetzung mit dem Teufel und soll ihm etwa mit einer glühenden Zange in die Nase gezwickt haben.

17,15 *Camden Town:* Stadtteil im Nordwesten Londons.

31,33 *Primawechsel:* Erstausfertigung eines Wechsels, also eines Wertpapiers, mit dem sich jemand selbst oder einen Dritter dazu verpflichtet, eine bestimmte Zahlung zu leisten.

40,12 *Master:* höfliche Anrede für den Hausherrn, entspricht etwa der deutschen Anrede ›Herr‹.

43,28 *Pfänderspiele:* Das Pfänderspiel bezeichnet ein in England beliebtes Gesellschaftsspiel: Jemandem wird ein Buchstabe genannt, z. B. »A«. Dieser muss antworten: »Ich liebe meinen Schatz mit A, denn er ist anmutig, artig, aufmerksam, …« Wer nicht weiterweiß, muss ein Pfand geben, welches zu einem späteren Zeitpunkt wieder eingelöst werden kann, etwa durch eine kleinere körperliche oder sprachliche Mutprobe.

56,6 *heurigen:* diesjährigen, gegenwärtigen.

57,24 *Mistelzweig:* Einem englischen Brauch aus dem 18. Jahrhundert zufolge darf man eine junge Frau küssen, der man in der Weihnachtszeit unter einem Mistelzweig begegnet.

60,7 f. *diese Orte an jedem siebenten Tage schließen:* Dickens meint die in England übliche engherzige Handhabung der Sonntagsruhe.

61,1 *Bobs: bob* ist umgangssprachlich für die Währungseinheit ›Schilling‹.

75,33 *»liebte ihren Schatz«:* Ausruf beim Pfänderspiel (vgl. Anm. zu 43,28).

79,17 *»Es sind der Menschheit Kinder … Und dann wartet das Ende ab!«:*

Hiermit prangert Dickens den Widerstand der staatskirchlichen Kreise im England jener Zeit gegen die Förderung der Volksschulbildung an.

82,25 f. *Petschaften:* Siegel(stempel) mit eingraviertem Wappen oder Namenszug.

97,1 *Gesichte:* Visionen.

101,28 *Laokoon:* Priester aus der römischen und griechischen Mythologie, der als Strafe der Götter durch zwei Schlangen getötet wurde.

103,30 *Joe Miller:* 1684–1738, englischer Schauspieler und Humorist, Namensgeber des Witzbuchs *Joe Miller's Jests*, das 1739 postum erschien.

Zeittafel

1812 Am 7. Februar wird Charles John Huffam Dickens als zweites von acht Kindern des Marineschreibers John Dickens und dessen Ehefrau Elizabeth in Landport bei Portsmouth geboren.

1815 Umzug der Familie nach London, später nach Kent.

1822 Endgültiger Umzug nach London.

1824 Wegen hoher Schulden wird der Vater ins Schuldgefängnis gebracht; die Mutter zieht mit sieben Kindern ebenfalls ins Gefängnis. Nur Charles lebt außerhalb, um Geld zu verdienen – mit anderen Kindern arbeitet er in einer Lagerhalle für Schuhpolitur. Ein regelmäßiger Schulbesuch ist nicht mehr möglich. Noch im selben Jahr wird der Vater allerdings entlassen und Dickens kann den Schulbesuch wieder aufnehmen.

1827 Dickens wird als Schreiber bei einem Rechtsanwalt angestellt.

1829 Anstellung als Parlamentsstenograph.

1831 Arbeit bei verschiedenen Zeitungen; schließlich wird Dickens Journalist für den *Morning Chronicle*.

1833–36 *Sketches by Boz*, eine Reihe von Erzählungen, erscheint unter dem Pseudonym Boz in mehreren Zeitungen.

1836 Heirat mit Catherine Hogarth. Das Ehepaar bekommt insgesamt zehn Kinder. Bis 1837 erscheinen in monatlichen Heften die *Pickwick Papers* (dt.: *Die Pickwickier*).

1837–39 *Oliver Twist* erscheint als Fortsetzungsroman (deutsche Erstübersetzung 1838).

1838–39 *Nicholas Nickleby* (Roman). Dickens wird Herausgeber der liberalen Tageszeitung *Daily News*.

1842 Lesereise in den USA und Kanada, wo seine Werke mittlerweile große Erfolge feiern.

1843 *American Notes* (dt.: *Aufzeichnungen aus Amerika 1842*); *A Christmas Carol* (dt.: *Der Weihnachtsabend*), eine der berühmtesten und meistadaptierten Weihnachtsgeschichten aller Zeiten.

1844–45 Reise nach Italien.

1846–48 *Dombey and Son* (dt.: *Dombey und Sohn*) erscheint als Fortsetzungsroman.

1849–50 *David Copperfield* (Roman).

1852–53 *Bleak House* (Roman).

1856 Erwerb des Landsitzes Gad's Hill Place in Rochester.

1858 Trennung von seiner Ehefrau (eine formale Scheidung war zu dieser Zeit gesellschaftlich verpönt und deshalb nicht möglich). Dickens behielt neun der zehn Kinder bei sich, um die sich seine Schwägerin Georgina Hogarth kümmert. Dickens beginnt eine Beziehung zu der Schauspielerin Ellen Ternan, die bis zu seinem Tod andauert.

1859 *A Tale of two Cities* (dt.: *Eine Geschichte aus zwei Städten*, Roman).

1860–61 *Great Expectations* (dt.: *Große Erwartungen*, Roman).

1865 Am 9. Juli übersteht Dickens auf dem Rückweg von Paris einen schweren Eisenbahnunfall körperlich unversehrt. Das Ereignis beschäftigt ihn aber noch jahrelang. Die Gruselgeschichte *The Signal-Man* stellt einen Versuch dar, das Erlebte zu verarbeiten.

1867 Erneute Lesereise durch Nordamerika; gesundheitlich ist Dickens bereits angeschlagen.

1869 Lesereise durch England; während eines Auftritts erleidet er einen Schlaganfall, die Tour wird abgebrochen und Anfang des nächsten Jahres nachgeholt.

1870 *The Mystery of Edwin Drood* (dt.: *Das Geheimnis des Edwin Drood*), sein letzter Roman, bleibt unvollendet. Am 9. Juni stirbt Dickens auf seinem Landsitz an einem erneuten Schlaganfall. Fünf Tage später wird er, gegen seinen ausdrücklichen Wunsch eines schlichten Begräbnisses, in der Westminster Abbey beigesetzt. Schon seit Jahren war Dickens der meistgelesene Autor Großbritanniens und weltberühmt gewesen. Dieser Ruhm bleibt bis heute bestehen – viele seiner Werke gehören zu den meistverfilmten und -adaptierten Werken der englischen Literatur.

Inhalt

Der Weihnachtsabend

Anhang

Englischer Originaltitel:
A Christmas Carol in Prose, Being a Ghost-Story of Christmas

RECLAM TASCHENBUCH Nr. 20291
2013, 2021 Philipp Reclam jun. Verlag GmbH,
Siemensstraße 32, 71254 Ditzingen
Umschlaggestaltung: Anja Grimm Gestaltung
Umschlagabbildung: © Gutentag-Hamburg
Umschlagmaterial: PEYVIDA puro 270 g/m², peyer graphic gmbh
Druck und Bindung: GGP Media GmbH,
Karl-Marx-Straße 24, 07381 Pößneck
Printed in Germany 2021
RECLAM ist eine eingetragene Marke
der Philipp Reclam jun. GmbH & Co. KG, Stuttgart
ISBN 978-3-15-020291-3

Auch als E-Book erhältlich

www.reclam.de

MIX
Papier aus verantwortungsvollen Quellen
FSC® C014496

BRAM STOKER
Dracula
RECLAM

THOMAS HARDY
Clyms Heimkehr
RECLAM

CHARLES BAUDELAIRE
Die Blumen des Bösen
RECLAM

EMILY BRONTË
Sturmhöhe
RECLAM

KURT TUCHOLSKY
Schloss Gripsholm

JOHANN WOLFGANG GOETHE
Italienische Reise
RECLAM

LEWIS CARROLL
Alices Abenteuer im Wunderland
RECLAM

DANTE ALIGHIERI
Die göttliche Komödie
RECLAM

FRANZ KAFKA
Die Verwandlung
RECLAM